红色经典

铭记历史 缅怀先烈 珍爱和平

红色经典

铭／记／历／史

缅／怀／先／烈

珍／爱／和／平

弘文精品

红色经典

红色经典文学丛书

# 他高高举起
# 雪亮的小马枪

吴强 著

民主与建设出版社
·北京·

## 徐光耀

当代著名作家 电影编剧家
抗日战争亲历者
"小兵张嘎之父"

# 一位老八路军的自白

徐光耀/文

回顾我的一生，有两件大事，打在心灵上的烙印最深，给我生活、思想、行动的影响也至巨，成了我永难磨灭的两大情结。这其中一件便是抗日战争。

我是1938年参加八路军的，当时十三岁，以后一直在部队工作了二十年，经历了抗日、解放、抗美援朝三场战争，大小战斗打过一百多次。抗战八年，可以说，无论什么罪——苦、累、烦、险，急难焦虑，生关死劫，都受过了；熏过一回毒瓦斯，还落在鬼子手里一次，但都闯过来了。大背景是全民受难，大家都奋斗，都吃苦，流了那么多血，死了那么多人，个人星点遭际，有什么值得絮叨的呢？

然而，永远难忘的是那些浴血英雄，是那些慷慨捐躯的烈士。他们没有计较过衣食男女之事，没有追求过功名利禄之私，即使死去了，也没给自己或亲族留下私财私产，最后拥有的仅仅是祖国大地上的一抔黄土！可正是这个赤条条，才显出他们那牺牲精神的纯洁神圣、伟大崇高！如果说人性，还有比这种人性更高尚的吗？

　　斗争的激剧、残酷、壮烈，不仅激发了人们的昂扬斗志、崇高品德，也极大地密切了军民、军政、同志之间的血肉联系，大家在救亡图存、为共产主义奋斗的光辉理想照耀下，前赴后继，视死如归，把流血牺牲当作家常便饭。英雄故事，动人业绩，日日年年，层出不穷。昨天还并肩言笑，挽臂高歌，今儿一颗子弹飞来，便成永诀。这虽司空见惯，却又痛裂肝肠。事后回想，他们不为升官，不为发财，枕砖头，吃小米，在强敌面前，昂首挺胸，迸溅鲜血，依然迈过一堆堆尸体，往来穿行于枪林弹雨之中，这精神，这品格，能不令人崇仰敬佩，产生感激奋励之情吗？

　　但我们终于挺过来，胜利了。回头一想，那需要写文悼念以光大其事的人，又有多少啊，真是成千上万，指不胜屈。再一想，他们奋战一生，洒尽热血，图到了什么，又落下了什么呢？简直什么也没有。有些人，甚至连葬在何处都不知道！正所谓活不见人，死不见尸。但是，他们还是留下了，留下的是为民族自由、阶级翻身、人类解放的伟大实践，和那令鬼神感泣的崇高精神。这精神，是中华民族生存的支柱、前进的脊梁，是辉耀千古的民族骄傲。

　　所以，当有朋友说想为广大青少年编一套"红色经典文学"系列丛书，并且一再邀请我作序，我欣然同意了。历史和现实都告诉我们，青少年一代有理想、有担当，国家就有前途，民族就有希望，实现我们的发展目标就有源源不断的强大力量。

　　"红色经典文学"系列丛书精选了多位作家在重要历史时期的、最具代表性的、能激励青少年积极向上而且至今都具有深刻教育

意义的优秀作品，旨在为广大青少年提供一套集教育性和可读性于一体的革命传统教育读本。这套书不仅弘扬红军战士、八路军战士、游击队员以及儿童团员不怕艰难困苦、坚韧不拔、可歌可泣的革命精神，而且展现了当时青少年发愤图强、不屈不挠，时刻准备着为共产主义事业贡献终生的积极风貌。

壮歌慷慨谁能忘，英雄豪气贯长虹。书中一个个鲜活的历史人物，一曲曲惊天的慷慨壮歌，一阵阵激荡的历史风云，承载着无上的光荣伟大，蕴含着丰富的民族智慧，闪烁着璀璨的精神之光。历史如同一面镜子，透过它，青少年们才能发现今天幸福生活的来之不易。无数优秀的中华儿女为了民族的独立、人民的解放，甘愿抛头颅、洒热血、前赴后继，他们的先进事迹时刻激励着后人们，他们永远是我们中华民族的骄傲，永远是我们学习的榜样。

希望广大青少年阅读这些革命传统教育读本，可以在缅怀中感动，在感动中汲取力量，并将这种力量化作心中闪闪的红星，指引他们秉承前辈们的遗志，认真学习，为实现中华民族伟大复兴的中国梦添砖加瓦，迎接和创造更加灿烂辉煌的明天！

2020 年 7 月 29 日于自拔斋

目录

目录

# 他高高举起雪亮的小马枪

## 一

稀稀落落的村庄、房屋，村庄四周以及路旁的枝叶凋零的树木，堆簇在田野里的高粱秆的丛子，蹲伏在这秋末冬初的冷风冷雨里面。

阴森森的天空，翻卷着灰黑色的云块。原野，天空，连成了一片。

这是十月初的一个下午。

一支人民解放军的队伍——某团第二营，从陇海路北开到路南边来。他们披着绿色的油布雨衣，戴着深绿色的钢盔，在越来越急的风雨里行进着。雨水从他们的雨衣上、钢盔上、枪身上流滑下来。脚步踏上褐色的油泥路，又粘又滑。为了防止鞋子脱落和行走快速，战士们把鞋帮上的布带，扣扎得紧紧的。有的手里还拿着根木棍子，好使自己不会滑跌。三营八连的王连长，骑着上级为他们挺进新区特地配备的一匹小川马，走在队伍的中间。王连长骑着马行进了三两里路，又跳下马来自己步行，把马匹让给指导员骑，指导员骑了三两里路，又让给连长骑。

这样的风雨天，这样的泥泞路，妨碍着他们行军的速度。但是，他们不停地前进着，虽然天色已经渐渐地黑下来，夜晚快到了——到了夜晚,路就更加难走了——他们还在向前走着。

连长王垒,告诉身边的通讯员余国才,到达目的地大约还有十七八里路,要去找一个向导来。

通讯员余国才,抬头一望,前不巴村,后不巴镇,路上一个行人没有,哪来的人当向导呢?他今年才十八,是个很聪明也很勇敢的青年战士,王连长相信他能够完成这个任务。余国才也知道连长对他早有这样的信任,他不能也不愿意因为这个任务的不能完成,使他在连首长和同志们的心目中平素已有的信任失掉。但是,眼前的情况:没有村庄,没有人烟,大风大雨,怎么办呢?他有些发愁起来。王连长见到余国才发愁,便跳下马来,把马缰绳递给他,说:

"把马骑了去。"

余国才体会到连长要他骑着马,赶到前面去。要找到向导,就得赶到前面去找到个村庄,要这样,骑马自然要快些。在行军的时候,余国才骑着连长的马,跑到队伍前面去找好向导,等候队伍一到,便紧接着带着队伍前进的事情是有过的。但在今天,他没有接受连长递给他的马缰绳,因为天在下雨,连长、指导员步行了许多路,已经很疲劳了,不应当再把他们的马骑了去。同时,在这种天时,这种泥泞的路上,马也不能快步飞蹄地跑,和自己步行的速度也差不多少。余国才正要大步上前的时候,连长催促着说:

"快去!到目的地还有要紧的任务。"

余国才听了连长的话,放开了脚步,踏溅着脚下的泥水,到前面去找向导了。

他打队伍行列的旁边穿了上去,小马枪在他的背后颠簸着,雨衣下面的干粮袋子,吃饭的磁碗、背包,也在摇着晃着。这些东西,原是绑扣得很贴身的，因为雨水淋湿了绑扣着它们的绳子、带子，松了劲了，它们便在他的身上活动起来了。

同志们见他走得那样急促，有人就问他：

"小余！可是传命令宿营？"

他一边走一边开玩笑地说：

"对！要你到前面土地庙里宿营。"

他望不到村庄，望不到行路的人，望到的，只是前面半里来路远的蹲在路旁的一个小土地庙。

他根本没有想到土地庙里会有个什么人在那里，自然也没有指望在土地庙里找到向导。因为这个土地庙，横竖不过四五尺大小，遮不了风，挡不住雨，也容不下一个人。但是，当他走过这个土地庙的时候，却见到一个黑团团蜷曲在小庙的矮檐下面，头东脚西，确实是个人。他不禁喜出望外了，于是大三步小两步地走上前去。他看到那个蜷曲着的黑团团，动也不动，两只手枕在头底下，眼珠滴溜溜地望着他。余国才近前仔细看看，因为庙门朝南，下的是北风雨，黑团团身上穿的破旧的短夹袄裤，还不曾全部淋湿。可是他一看到了余国才，就好像见到了自己的亲人似的，他的眼眶里，便浸满着泪水，接着，泪水就像珠串似的流下来了。

余国才回头一看，队伍离这儿只有一百多公尺了，而这个睡在土地庙里的黑团团，只是个大约十五六岁的小孩子，是当不了行军带路的人的。虽然，他急于要找个带路的人，但是，他不能叫这个小孩子带路。他也明明知道这个孩子一定有他沉痛的苦楚，也想问问他为什么要在这样的风雨天，睡在这个孤零零的土地庙里，又为什么要淌眼泪。可是，他的任务，要求他迅速地向前赶路，不能和这个孩子谈

什么。他正要起步离开,这个孩子忽地转过身来,两只眼睛出神地盯望着他,好像要向他乞求什么似的。这是一般人的心理:对于正在受着苦难的人,最关心的第一件事,好像就是他是不是在挨着饥饿。出于这样一种习惯的同情心,余国才从干粮袋里摸出了一个馒头,扔给那个孩子,一句话也没有说,走了。

那个孩子,饿了整整一天的肚子,忽然得到一个白白的馒头,好像从绝望中挽回了生命。他意想不到在这个凄风冷雨的土地庙里,会遇到这样一个怜悯他的人。他流着的泪停止了。他看得很清楚,这个扔馒头给他的人,穿着军衣,背着枪,是个当兵的。看样子,不像是"中央军"。那是什么队伍上的人呢?眼看着,这个人走远了,天快黑了,睡在这里也不是个路数,便一边吃着馒头,一边爬起身来,离开了睡了大半天的土地庙,冒着风雨,跟着扔馒头给他的人追了上去。

余国才听到背后有脚步踏着泥水的声音,回头一看,那个孩子急急地追了上来。等他走到跟前，余国才很想和他谈谈，但又不知从哪儿谈起。那个孩子，也不说话，只是默默地跟在他的后面。走了好一段路，余国才才边走边问道：

"你是被你爸爸妈妈打的吗？"

"不是的，"孩子回答着，"我没有爸爸妈妈。"

余国才没想到他是个失去父母的孩子，听了孩子的回答，越发觉得这个孩子的不幸了。接着他问：

"你爸爸妈妈呢？"

"死了！"

这个孩子的声音很响亮，讲起话来，亢朗亢朗的，从他的声调里，听不出有什么悲哀感叹的情绪，好像他对于失去父母，并不感到痛苦似的。

余国才又问：

"你为什么睡在土地庙里？为什么淌眼泪？"

这孩子似乎意识到自己淌眼泪被别人看到，是一件很不体面的事情，他随即擦了一下眼睛。其实，擦与不擦是一样的，他的头脸，本来已经完全给雨水淋湿了，眼泪跟雨水，早已混和起来分不清楚了。

这孩子，竟把这个从来不相识的解放军战士，当做是自己的亲兄弟，当做是知心的好朋友，无所拘束地讲说起他的身世了。

他说他姓李，叫李小虎，今年十五岁，听他的姨母告诉他，他的爸爸在他三岁的时候，被地主东家陈二蝎子抓到县衙门里，关进监牢，因为挨了毒刑拷打，由外伤变成内伤死了。他的妈妈在他爸爸死后的第二年也得了吐血病死了。他在爸爸妈妈死了之后，就生活在姨母家里。长大到十岁，逢到黄河大水决堤，淹了二三百里的方圆地段，

姨母家没衣没食，便到江南逃荒，他跟着他的姨父姨母一路讨饭行乞，走到眼下这个地方——亳州地界的胡大庄，得了上吐下泻的重病走不动了，病倒在一家车棚子里。姨父姨母到江南去了，至今没得个信息。他呢，被胡大庄一个卖野药的先生治好了病，收容到他家里，活过命来。之后，就落在胡大庄的地主胡四胡子家里放牛、割草，直到今天，算起来，已经有五年多了。

余国才一心想找个带路的向导，没有心思听这个孩子说故事，曾经几次想打断他的说话。有些话，因风声雨声和脚下的泥水声的交响，也不大听得清楚。但是这个孩子一股劲往下讲，讲的那些情形，余国才感到好像是自己的遭遇，又苦又酸。虽然这个孩子在讲话的时候，好似并无一点伤感，也没有向他求怜哀告的意思，可是，在也是一个穷苦的孩子出身的余国才听来，却不由自主地把这个孩子的命运和自己的命运联系到一起了。几分钟以前的印象浮现到眼前来了：这个孩子蜷曲在小小的土地庙里，两只黑黑的手抱着脑袋，眼眶里滚动着泪水。余国才听了这个孩子讲完了他的痛苦的遭遇，回头看看，这个孩子好像就是他的向导了，一步一步紧跟着他。

"你到哪里去呢？"余国才问道。

李小虎直截了当地回答说：

"我要跟你去。"

"你要跟我去？"余国才反问道，"你知道我们是什么队伍？"

李小虎愣住了，在余国才身上打量了一阵，然后回答说："总归不是老蒋的队伍！"

"那你怎么看得出来？"余国才接着问他。李小虎又愣住了。根据已有的经验，李小虎断定余国才不是国民党军队里的士兵。但是，到底为什么不是,他心里有数,一下子却又说不出来。

自己直接投奔参军的事情,是常有的。余国才所在的第八连里,就有四个人。像炊事员老顾,二排机枪班弹药手赵松,都是在年把以前部队在山东行动的时候来的。但是,余国才听说李小虎要跟他去,却有些惊奇了。因为这个孩子不能和炊事员老顾、二排机枪弹药手赵松他们相比,他们都是三四十岁的人。李小虎呢,自称也不过是十五,身材是那么矮小。自己在连里已经算是小鬼了,发下来的三号服装,裤管子要折起五六寸才勉强合适,军服上身的底摆,已靠近了膝盖,要是穿上大号服装,就简直是穿了大衣。而跟着他后面走的李小虎,却比他还要矮上大半头,赶不上一支大盖子步枪那样长。余国才明知这个孩子参加革命的条件是不够的,可是,他的要求,似乎很坚决,他的遭遇是那样凄苦,假如一口回答个"不行!"就无异在这个孩子的热头顶上,猛然泼下一盆冰冷的水。余国才以为使他立刻绝望,是不应该的。

"为什么不在地主家里放牛呢?"

替地主老爷放牛,在地主老爷家里做小伙计,连牛也不如,要挨冷受冻,挨饥受饿,还得挨打挨骂!……余国才自己是个贫农的儿子,这情形是看见过的。自己的爸爸,因为欠了一石八斗租,被地主东家硬逼着当了半年没有工钱的雇工。每到逢年过节,地主家的账房、狗腿子便来催租要欠。有一回,一口不到三十斤重的小猪,也被抢了去抵偿欠租,爸爸跟账房先生冲撞几句,便挨了好几下狠狠的卫身棍……这些,都还在自己的记忆之中。李小虎为什么不在地主家里放牛,是不需要问的。但是,除此以外,余国才想不出别的话来说。

李小虎接着这样的问话,又滔滔地诉说着他的苦情。他看看天

色，云块在卷动着，云块和云块的间隙里，显出了灰白色的天。雨停了，他讲得也有劲起来了。他咬着牙根，好似地主胡四胡子就站在他的面前，他简直像是指着地主老爷的鼻梁子在咒骂着：

"不是人！没良心！他们睡高床大铺，我睡牛脚跟，他们抽大烟，吃海味，我天不亮就爬起来，放牛割草，吃山芋叶子，啃豆饼。这个，我不在乎。"李小虎亢朗着喉咙嚷叫起来了，"我不小心，打坏一个黑窑碗，胡四胡子就吆喝狗腿子，拾起破鞋底，打了我十几下，还不许我哭；我往外跑，老狗胡四胡子，又追上来打我好几拳。他们欺我没娘没老子。你看！"说着，他脱下了破得挂着许多"狗耳朵"的黑布夹袄，裸出他的脊背。余国才一看，脊背上好几处显着紫黑色，靠左边接连腰眼的地方，肿起了鸭蛋大的一个疙瘩。

"你看，我还跟他放牛？我还回去？"

余国才看了伤痕以后，脸色沉了下来，不由地咬紧着自己的牙根。李小虎看到这情形，深信这个和他讲话的兵士，是自己人了。他判断这个兵士，定是三四年前在过这儿的新四军，于是他迫切地要求余国才，能让他跟着一道走，能够把他留在队伍里。

余国才没有理由要这个挨了毒打的放牛的孩子再回到地主家里去，但他也不能答应这个孩子可以跟他到队伍里去。这不是他能作主的，就是能作主也答应不下来。这个孩子固然是个好成分，是可以参加革命的，听他的说话，看他的神情，倒也是个能够吃苦的人。但是年龄小，身材也小，马上当战士拿枪，是不行的。

怎么办呢？余国才碰到了困难。

天黑了，余国才焦急着找向导的任务不能完成，一路上碰不到走路的人。村庄，靠东边三四里路远有一个，可又不在这条路的附近。

怎么办呢？这也是余国才碰到的困难。这样两个难题，使通讯员余国才没法解决。余国才的脚步加快了，急急地往前赶路，他的眼睛，不时地向着前面、向着左右两边严密地搜寻着，他希望能够在附近发现村庄，发现行路的人，可是完全没有。

余国才的脚步加快，李小虎的脚步也跟着加快，余国才的眼睛到处搜寻，李小虎的眼睛也跟着到处搜寻。

余国才在无奈中随便问了一句：

"你知道前面有什么村庄？"

"前面五里路，是王家店。"李小虎随口答道。

"王家店过去呢？"

"过去七八里路，东边是土寨，西边是黄寨。"

土寨，是连长说的今天晚上的宿营地。余国才惊奇于这个孩子熟悉这些道路和地名，于是，余国才存有希望地问道：

"你到过土寨？"

"到过。"

"你认识路？"

"认识，"李小虎夸口地答道，"闭住两只眼，我也摸得到。"

在这儿只住了四五年，年龄这样小，在地主家里放牛，怎么会熟悉离他住的庄子二三十里的路道和村庄呢？余国才不大信任地问道：

"真认识假认识？"

李小虎知道余国才要找人带路，可又不相信他能做带路的人，便竭力地辩解道：

"这还好撒谎？"为了使余国才相信他是真的认路，接着叙述了他认识路道的情由，"那个救命的野药先生，常到王家店、土寨、黄寨

一带,卖药瞧病,我常常跟他跑来跑去。到了胡四胡子家,我也到土寨赶过集。"

余国才听了他的说话,定下了心,于是在路旁的一块石头上坐了下来,又指指旁边的一块石头,李小虎也坐下来。

这个向导,不用找,不用动员,而是自愿自荐的。余国才没有想到这样轻便就完成了连长交给的任务。为了稳妥落实,余国才问李小虎道:

"那你替我们带路好不好?"

"带到黄寨,还是土寨?"李小虎反问道。

余国才疑心这个孩子为什么测探今晚队伍的宿营地。这地带是个新区,没有实行过土改,和铁路北不一样。铁路北是解放区,革命根据地,自己的家。这儿,有土匪,有地主和反动派组织的还乡团。不久之前,国民党匪军还占据着这一带。连长、指导员每天向大家交代这些情况,要大家留心。余国才虽然可以断定这个孩子不会是坏人,不会是还乡团派出来的探子;但也不能直来直去地把部队的宿营地告诉这个刚见面的孩子。

"这个我还不知道。"余国才回答说。

"土寨,黄寨,我都去过,包管能把你们带得到。"李小虎生怕对方不信任,用肯定的语气说。

"你们这儿有还乡团没有?"余国才探问道。

"还乡团?没听说。"

"国民党反动派来过没有?"

"反动派?什么反动派?"李小虎不解地问。

"就是蒋介石的队伍。"余国才解释道。

"蒋介石的队伍？"李小虎想了一想说，"可就是中央军？"

"什么中央军？是到一个地方一个地方就要遭殃的遭殃军！"余国才纠正着他的说话。

李小虎用力地拍着大腿，高声地大叫起来：

"可给你说到骨头缝里！是遭殃军。烧房子，杀人，抢东西，拖人家大姑娘。"

"你见过？"

"见过！见过！到过胡大庄，也到过土寨、王家店。"李小虎讲得很起劲，"嘿嘿！那个熊队伍，比日本鬼子还要恶毒。老狗胡四胡子还办酒席，请那班东西大吃大喝，叫小老婆烧大烟给他们抽。"

余国才听到这个孩子响亮着嗓子，翻瞪着黑眼珠子，连讲带骂地说着国民党军队的罪过，说着地主老爷跟国民党军队勾搭的情形，也就禁不住激动地讲说起来：

"蒋介石，大地主，都是一路货，他们都是我们穷人的死对头。我们解放军，就是要打倒他们，消灭他们，为的穷人翻身，工人农民当家做主。"他用力地拍着他手里的小马枪，还没有完全干的小马枪上的水珠子，被拍得沙沙地滴落下来。

李小虎看到这个年轻的战士，有一股勃勃的英雄气，小马枪拿在手里，多么威风！要是自己能够跟他一样，穿上军衣，背着钢枪有多好呢？他的痛苦的经历，使他迅速地领会了余国才所说的话语里的含义。他站起身来，向余国才恳切地表白着他的要求：

"同志，"他想起了从前新四军里的称呼说道，"我要跟你去！"

余国才已经决定要他当向导了。可是，他带路到目的地以后怎么办呢？队伍里不留下他，要他到哪儿去呢？跟连长、指导员说说，也许可以留他下来吧？余国才翻来覆去地想了想之后，只好含糊地说：

"你替我们带了路再说吧！"

李小虎觉得有望头，眨动着两只眼睛，望着余国才，望着余国才手里拿着的小马枪。他的目光，贪馋地盯着小马枪的发着亮光的机柄，短短的结实的枪身，套在枪口上防水防灰的铜套子……

大块大块的云，翻卷过去了，风息了，雨停了，天空里闪耀着星光。

队伍来到了，王连长骑着马走到队伍的前头。相隔还有二十来米远，就喊问道：

"余国才！向导找到没有？"

"找到了！"余国才大声地回答着。

王连长抖了一下马缰，马儿快步地跑了上来。他看见的，只是一个身体矮小的小孩子站在余国才的身旁。他用责问的口气说道：

"这个小孩子能当向导吗？怎么不找个大人？"

"他说他认识路。"余国才辩解地说，"我问他，他说他闭住两只眼也摸得着。"

王连长对余国才办的这件事情，很不愉快。他跳下马来，批评道：

"找这样一个小孩子带路，就是他能带到目的地，也是不应当的。他能跑远路吗？他的爸爸妈妈不焦心吗？"

余国才受到这样的责备，觉得有些委屈。他正在准备辩解的时候，李小虎插上去说：

"不是他找我的，是我自己要的。官长，到王家店、土寨、黄寨，我都透熟，包管错不了。"

队伍已经上来，停止在路上等候着继续前进。连长看看手腕上的电光表，已经是晚上七点四十分了，到达目的地还得了解情况。如

果再去重新找向导，便要误时误事。这儿是新区，又刚下过大雨，村庄、人烟少，天又黑了，找个向导也确实不大方便。在这个情形之下，也就只好让这个孩子带着走了。

"你真的找到路吗？"王连长问。

"那还用找？一条大路直往西南！"李小虎一口承当地回答说，"走错了路，你罚我就是。"

"到土寨有几里路？"王连长考问着。

"大里十一，小里十二。"

"土寨有多少人家？"

"东寨七八十户，西寨四十来户，西寨富，瓦屋多，有个岳王庙。东寨穷，尽是草屋，有几家小杂货铺子。"

王连长听到李小虎对答如流，他说的，和地图上所示示的东寨大

西寨小的情形是符合的。于是作了决定说:

"好吧! 到土寨,你带着走吧!"

向导,交给了走在前卫的二排。

风息了,雨也停了,油泥路过去了,队伍以轻快的脚步,在沙土路上行进着。

# 二

队伍到了土寨,新区的人们,不知道是什么队伍,家家户户闭着门,有些人家本来还点着灯火,一见大队人马来到,便迅速地吹灭了。场地上还很泥泞,有好些低洼的地方,还积着雨水。队伍只好从肩上卸下枪来,站立在场地上等候着。战士们在风里雨里走了五十来里路,下午一点钟吃的午饭,两点钟出发,此时已经是夜晚九点钟了,他们累了,也饿了。可是,这儿是反动派统治了很久的地区,没有民主政府,群众也没有组织起来,不能像在铁路北的老区一样,队伍没有到,村上就备好了房子,哪个房屋住几个人都计算得一清二楚。米、面、柴火、铺草,每一样都准备得周到齐全,而且还会有人来替队伍上做饭做菜,让辛苦了的队伍得到充分的供应和休息。这个地带,完全不是这个样子。他们怕"中央军""还乡团"、土匪,三四年前还有日本鬼子、伪军……给他们可怕的印象太深了。到过路北的人,也曾回来称颂过解放军,他们也知道,路北的解放军,也就是三四年前在这儿打鬼子的新四军和"老八路"。可是,这个队伍好几年没有来了。而在这儿杀呀抢的"老蒋"的队伍,半个月以前才走,三天前"还乡团"还到过这儿,绑去了二十个肉票,拉走了十三条牛,九头驴子。今朝一听有队伍到，又是个大雨以后的夜晚，看不清，认不明，便一齐关起门，灭了灯。

各连的指导员，在队列的前面讲话，要战士们注意新区的情况，遵守纪律，耐心地等候着老百姓开门。

分配了宿营地段以后，八连和营部住西土寨。王连长带着通讯员余国才轻声地叫着门。王连长是山东省莱阳县人，余国才是江苏省徐州府人，两个人说话的声音，使这儿的居民听不大懂，虽然他们口口声声亲切地叫着"老乡"，说明自己是解放军，居民们还是不肯开门。后来余国才想了一个主意，要刚才带路来的李小虎来帮着叫。因为他是个本地人，说话听得懂，可以免除居民的疑惧。王连长采纳了余国才的意见，余国才便跑步去找李小虎。一天只吃了一个馒头的李小虎，这时候，正倚在一簇谷草堆子旁边，盘着心思。

"李小虎！李小虎！"

余国才找了一圈找不到，高声地叫唤着。

李小虎对余国才的尖而脆的嗓音，已经有些熟悉了。他一听到余国才唤他，便一骨碌爬了起来，大声地回应道：

"这里！"接着，他就跑到余国才的身边去，"是连长留我下来干了吗？"

"跟我一起去叫门。"

余国才没有回答他的问题，说着一把拉着他就走。

李小虎跟着余国才，跑到连长站着的高门槛黑大门的人家门口。

李小虎踮起脚跟，叩了几下黑大门上的铜环，用亳州的本地话喊了几声"大老爹"，又贴近门缝向屋里瞧了一阵，接着又喊了几声"大老爹"。

稍隔一两分钟,屋里便有了动静,隐隐地听到有人在叽叽喳喳地说话。

余国才说:"有人,有人!"

李小虎拍了一下余国才的膀臂,示意着要他不要响。接着李小虎向着屋内恳切地说道:

"大老爹!大家小户都开了门,东边保长叫我来喊门的。今个来的队伍,是路北过来的解放军,就是早先的新四军。"

李小虎不清楚解放军的前身是由八路军和新四军两支队伍组成的,他知道的只是新四军。这是他理解得到的:这个地带,在打日本鬼子的时候,新四军是经常到经常住的,在人们的心目中,留着良好的印象,用新四军的名义喊门,是一喊便会开的。

果然灵验得很,屋里的灯火点亮了,门儿接着开开了。房主人迎接着等候已久的王连长。王连长他们进了屋子,房主人就端上茶来,连声地慰问着:

"辛苦,辛苦。请坐,请坐。"

王连长觉得李小虎这个孩子很有用处,在这个地方活动,这样的人是不可缺少的。这个孩子虽说身材矮小,心眼却并不小,他能编一套话,想一套主意叫开了门。用部队里常用的语汇说——这个孩子"不简单"。

王连长吩咐余国才把李小虎带去,再帮助各排去叫门。余国才带着李小虎,去继续地挨家挨户地叫门。

大概经过了半个钟头光景,全寨的门户都开了,队伍进了房屋,战士们忙着打铺、洗脚、擦拭枪上的雨水,炊事员们忙着淘米煮饭,做菜。

　　李小虎被余国才带领到炊事班休息、吃饭。当余国才把他交给炊事班长老孙，回头要走的时候，李小虎一把拉住了余国才，带着惶急的神情说：

　　"我的事，请你……"

　　"你休息一会儿再说吧。"说着，余国才便回到连部去了。

　　炊事员们忙得很，炊事班长孙长有在摒挡油盐，两个人在淘米，两个人在切菜，两口大锅的火一个人在烧。一个人烧两个灶门的火，这边凑一把柴，那边又要凑一把火。柴火又是湿了的，烧着了又熄下去，烧火的炊事员只好用嘴去吹风，等到这口灶的火吹着了，那边的火又熄了。烟，漫塞在灶门口，又是个当门风，烟雾在屋子里便散不出去。李小虎见着这个情形，便不声不响地走到灶口去，为那个烧两个灶的炊事员分担了一个灶的烧火工作。那个炊事员叫陈东林，约莫四十来岁。见到这个孩子自动地上来帮他烧火，虽然感到这个孩子很好，肯帮他的忙，但却有点不大信任，便说：

　　"你不行！　你不会烧。"

　　可是，李小虎却一股劲地歪着脖子，伏在灶门口，眯着眼，尖着嘴在一口气接着一口气地吹火。一刻儿，火给他吹着了，接着就一把柴一把柴地烧了起来。陈东林自己烧的火，却老是熄了吹，吹着了又熄。而李小虎烧的那口灶的火，却一直不熄，火头烧得旺。这叫四十来岁的陈东林倒有些难堪起来，不能不承认，这个孩子烧火的本领比自己高明得多。陈东林用心地注意着这个孩子烧火的方法：他不是等灶门里的柴烧完了再上一把湿柴；他是在灶门里的柴火还在烧得很旺的时候，就把准备接上烧的一把柴等候在灶门口，让灶门里的火，烘烤着灶门口的湿柴，这样灶里的柴烧完了，接上去烧的柴，因为已经烘去了水分变成了干柴，就很容易地烧着了。同时他烧的柴不是大把头的，而是小把小把的，捏得又是松松的，也就更加容易烧得着。

炊事班长老孙在灶前说话了：

"陈东林，你一个人烧的火，一锅老早烧滚了水，下了米好一大会儿，还有一锅怎么老是不滚？"

"班长，告诉你吧，"陈东林回答，"每回人家说我烧火烧得好，这一回，可有人比我烧得更好哩。"

"不是你一个人烧的吗？"班长老孙一边用杓儿搅着锅里的米，一边问道。

"那一锅先烧滚的，是刚才余小鬼送来的小向导烧的。"陈东林微笑着回答说，"我赶他不上。"

班长老孙歪过头来，向灶门口烧着火的李小虎瞥了一眼，说道：

"烧得不差！有门道！"接着他带着两分感叹的口气说，"老陈啦，凡事不能自大，俗话说得不错，人外有人，天外有天。"

李小虎在胡四胡子家里放了五年牛，牛养得那么肥那么健壮。也不知烧过多少次火，火也烧得那么好，没烧过夹生饭，没烧焦过饼盖子、饭锅巴。还做过许许多多的活，谁夸奖他一言半语呢？今朝，只是烧了几把火，班长和陈东林，就这样夸来夸去，心里是高兴得很。能像余国才那样背着枪，当个战斗兵，自然是再好没有了。不能的话，就留在这儿烧火，也是好的。他一边烧着火，一边这样暗暗地打算着。

饭菜烧好了，炊事班长站到大场心打着哨子。

各排、各班的人拿着饭桶、菜盆子来打饭、打菜了。米饭打完了，班长铲起了锅巴，一个翻身，锅巴的背面，显着金黄黄的颜色，一股香喷喷的味道，发散出来。好几个打饭的战士，争着要分一块锅巴吃。

有一个战士还没等到炊事员分给他，便自己动手，捏了一块送到嘴里，咯叭咯叭地嚼了起来。正在这个时候，余国才拿着饭桶、菜盆子来了，他一看到黄黄的锅巴，便高声地叫着：

"给我一块！连长要吃锅巴！"

炊事员陈东林听了余国才这样的说话，觉得不顺耳，又看到余国才从人缝里往上挤，便直着喉咙嚷道：

"小鬼！谁要吃锅巴？"

余国才知道又是陈东林在找他的岔子，没有答理。陈东林是个性子耿直爱开玩笑的人，谁要有个什么大小毛病，他就得挑剔，对哪一个他也不讲情面。这一回，余国才的毛病给他找着了。他看余国才这次没答理他，没有跟他硬顶嘴，锅巴又已经拿到手里，也就住口了。但当余国才拿着饭桶、菜盆子向外走的时候，陈东林还是忍禁不住地送了他两句：

"下一回就说是自己想吃，不要再借连长的牌子。"

余国才本已一脚跨出门外，听了陈东林的话，便又回过头来，用好像赞扬却又带着讥讽似的腔调，回了他一句：

"我知道是你烧的火，锅巴烧得好，有功劳。"

这一来，陈东林倒很是不好意思。他觉得为了不占有人家的光彩，对余国才、对大家都有说明的必要，于是回过头来，拍了拍站在他后边的李小虎，向着众人说道：

"今天的饭火，那边一锅黄锅巴的，是这位小向导烧的，跟我没有关系。"

余国才看到陈东林拍着的是李小虎，领会到黄锅巴原来是李小虎烧的，原来这孩子还会烧这么一把好火，心里很是乐意。他随即向着炊事班长和陈东林关照地说：

"人家帮你们烧火，你们得好好地照护照护人家哟！"

说完了话，余国才回连部去了。

打饭打菜的人走了，炊事班也开始吃饭了。

陈东林为李小虎盛了一大碗白米饭，又递给他一双筷子，要李小虎坐下来吃。

李小虎着实是饿伤了，一大口一大口的白米饭，紧接着往肚子里吞，闷着头一声不响，菜也不吃，水也不喝。

炊事班的同志们，却一边吃着饭，一边端详着李小虎。班长孙长有，欣赏什么似的把李小虎看了好一阵，用惋惜的语气说：

"就是个子矮了一些，不然，留在我们班里，倒能做些事情。"

陈东林接着班长的话说：

"我看，班长，你到连部去建个议。你不要看他个子矮，长得倒是结结实实的。"

"恐怕不行。"班长孙长有摇摇头说，"指导员前两天说过，到新地区，不能随便吸收新战士。"

李小虎本是闷着头吃饭的，一听到这些关于他的话，便停下了筷子，竖着耳朵入神地听，等到话题岔开，他才继续吃饭。

吃过了饭，炊事房忙着整理用具，刷锅洗碗，准备明天的早餐。

李小虎见到班长弯着半截腰到缸里去舀水，水杓子刮着缸底子发着响声，知道缸里没有水了，又听说明天早晨五点钟就得开早饭，便拾起扁担挑着一对水桶，不声不响地出去了。

当班长招呼炊事员找水桶的时候，李小虎已经挑着满满的一担水回来了。炊事员老顾，见到这样一个小孩子，挑着那样沉重的一担水来，觉得过意不去，便向李小虎的手里去接拿扁担，要自己去挑。可是，这个人小力气不小的李小虎，却两手一齐用力抓紧扁担不放，坚持着继续去挑，并且口口声声地表白道：

"我挑得动，我挑得动。"

说着，他又把扁担的两端套到水桶把子上的绳结里，轻飘飘地跑了出去。炊事员老顾争不过，只好跟在他后面向井边跑去。两个人在井边争持了好半天，好容易才让老顾挑着第二担水回来。

班长和陈东林他们，连声地称赞着这个孩子"能劳动""硬棒""赶得上一个大人做事。"

李小虎吃饱了饭，湿了的衣服，也在烧火的时候烘干了。他感到他今天进入了一个新的生活，一个新的境界。他觉得他的周围，尽是自己想也想不到的好人，他觉得很温暖，很新鲜。他觉得他打点的主意是打点得对了。他下定了决心，要留在这个队伍里。可是，余国才一直没有回话，炊事班长也摇过头说："恐怕不行。"他望望灶口还有一簇谷草，眼皮也老是朝一起合碰，他困顿得想睡，这番心思又使他不能入睡。他想，假如队伍里不留他，明天早晨到哪儿去呢？想到这里，他的心又突然不安起来了。

正在这个当儿，通讯员余国才，带了个背着缀着红十字的绿色帆布药包的卫生员走了进来。坐在灶门口的李小虎抬头一看，是余国才，正想迎上去说话，余国才却已经开了口：

"你把衣服脱下来，让卫生员同志给你上点药。"

炊事班的同志们，听说要替这个孩子上药，感到很奇怪。陈东林忙着问道：

"他什么地方受了伤？还是有病？"

　　李小虎脱下了身上的破夹袄，背上一大片的伤痕，显露在摇曳着的豆油灯的灯光下面。老孙、老陈、老顾他们伸着头瞧着。卫生员从药包里取出了药水棉花，蘸了火酒和蒸馏水在伤痕上擦洗，接着擦了些药水药膏。

　　当李小虎拿起了刚才脱下的破夹袄，往身上穿的时候，卫生员摇了摇头，问道：

　　"你还有别的衣服吗？这件衣服太脏了！"

　　"没有。"李小虎答道。

　　"他是给地主打得跑出来的，哪来别的衣服？"余国才解释着说。

　　"我给一件他穿！"陈东林大声地说。他随即到自己的枕头底下，拿出一件七成新的白布衬衫，送到李小虎面前。

　　李小虎把身子扭了过去，不肯接受陈东林给他的白衬衫，他指着他原来穿的破夹袄说：

　　"我还穿这个吧。"

　　"你拿着，没关系。"陈东林说，"你挨了地主的打，我也挨过的。"

　　李小虎还是不肯接受那件白衬衫，陈东林便自己把它披到他的身上，随即从他手里把那件破夹袄拿过来，放到一边，说道：

　　"你的一件，明天洗洗补补再穿。"

　　陈东林和同志们的关怀，使李小虎的两只手没有地方安放，只是不停地捻着白衬衫的衣边子，感激的眼泪禁不住地滴了下来。

　　"小鬼，不能给连长、指导员建个议，把他留下来吗？"炊事班长孙长有低沉的怜悯的音调对余国才说，"战斗班里不行，可以放到我们班里。"

　　余国才跟连长建议过，跟指导员也说了好几遍，连长跟指导员说

的也对，受苦受难的孩子多得很，我们是战斗的队伍，现在在这样一
个新区行动，离后方根据地很远，要是收了这样的小孩子，他仗不能
打，枪不能背，一天跑上三五十里不要紧，要是有个紧急任务，一夜得
跑上八九十里，甚至还得跑上一百里出头，到那时候，他跟不上跑不
动，又不能摔了他，那怎么办？因为这个理由，余国才的建议没有成
功。余国才怕这个孩子伤心难过，始终没有正面告诉他说队伍里不
要他。现在，这个孩子的眼泪，当着众人的面，滚滚地流下来，怎么能
够对他直说呢？可是，一向被人称做孙老好的炊事班长孙长有，偏又
当着这个孩子的面发出问题，且有个退一步的建议：战斗班里不行，
可以放到炊事班里。余国才觉得这倒也是个主意，不过，估计起来，
对连首长提出来，十成有八成还是不会被接受。

　　"老好！你去跟连长说说看。"余国才沉思了一会儿说，"我已经跟连长、指导员建议过了……"

"连长、指导员都不同意？"孙长有还是追问着。

余国才看看李小虎，李小虎的两只泪汪汪的眼睛，正在出神地瞪着他，看他到底是怎么个说法。余国才没有回答，沉闷着。稍隔了几秒钟，正好李小虎在揩拭眼泪的时候，他向孙长有摇了摇头，算是对孙长有的回答。

坐在小凳子上抽着旱烟的陈东林，站起身来，把烟袋杆子在板凳上敲了两下，说：

"班长，你去跟连长、指导员说，你就说是我们炊事班全体的意见。"

李小虎的眼泪揩掉了，看到余国才没有回答孙长有的话，意会到队伍上是不会收留他了。此刻又听到孙长有要留他在炊事班里，陈东林也在替班长撑腰，要班长到连部去建议，心里又发亮起来了。为了表白自己的心意，他激动地宣誓般地说道：

"不要看我年纪小，我天大苦都能吃，天大罪都能受，死了，我也心甘情愿！"

孙老好本来还在犹豫不定，给陈东林那么一鼓动，又听了这个孩子这几句斩钉截铁的话，便鼓足了勇气说：

"好！余小鬼，我同你一道去。"

余国才领着孙长有，出了炊事房。卫生员又把李小虎刚穿上的白衬衫揭起来看了一眼："不要紧，过几天就会好。"说后也跟着回到连部去了。

陈东林，老顾，还有其他的炊事员们都没有睡，他们你一句我一句地询问着李小虎：家在哪里？父母怎么死的？放了几年牛？能跑路不能？肩膀上能挑多少重的担子？听见过打枪打炮没有？……李小虎这孩子，显然是精神兴奋的缘故，除了一一地回答老陈他们的问话以外，比跟余国才在路上交谈的时候，更有劲道地讲他亲身经历的故事。

不到十分钟，孙长有从连部回来，大家问他"怎么样"？他只淡淡地说了一句：

"到底连长、指导员比我们想得周全。"

随后，余国才又来了，拉着李小虎说：

"跟我到连长那里去。"

李小虎高兴地跟着余国才向连部走去，一边走着一边向余国才发问道：

"留我在这里干了吗？"

余国才没有答理他，一股劲儿沿着一条小巷子往前走。李小虎接着又问：

"留我下来，我跟你在一起好不好？"

余国才还是没有答理他。

王连长和张指导员坐在大厅两旁的床铺上，靠近连长身边坐在一条长凳子上的，是西土寨的保长周士贵。保长的厚嘴唇上蓄着一道烟黄色的短胡须，留着半寸长的指甲的手指里，夹着根纸烟在吸着。

李小虎被余国才带进连部来之后，很有礼貌地向着连长鞠了一躬，又转过身子向指导员鞠了一躬，规规矩矩地站立在余国才的旁边。

室内人们的目光，齐集在李小虎的周身上下，特别是还不曾看见过李小虎的张指导员，看得很是仔细。

静默了两分钟之后，张指导员用一种安详的神态，面带笑容地向李小虎说道：

"谢谢你，今天替我们带了路，帮我们喊门，帮我们烧火。"

李小虎的两只黑眼珠，出神地对着张指导员望着。

接下去，张指导员好像一位慈母似的说道：

"你挨了打？打得厉害不厉害？还痛不痛？"

李小虎没有说话，虽然对他说话的人，声音非常温和，不像他过去见过的那些当军官的那样凶里凶气的叫人害怕，可却不知说话的到底是什么人，他只是用点头和摇头代替着他的回话。

"你年纪还小，再过三年五年才能当兵。"张指导员指指余国才说，"你看他，今年十八岁，个子比你高上大半头，在我们队伍里，还算是顶小的小鬼。你呢，人还没有枪长，怎么行呢？"

说到这里，李小虎看看余国才手里持着的小马枪，用他的眼睛把枪身和自己的身子比了一比，觉得自己不是没有枪长，而是比这条枪至少要长上四五寸。张指导员理会了他的意思，会心地笑了一笑，继续说道：

"这是小马枪，我们通常用的，都是比这个枪要长上尺把多的大步枪。……我看你，还是回去放牛吧！"

李小虎惶急起来了，摇晃着身子说：

"我不回去！我回去，命就没得了。"

"不要怕！他们不敢再打你！"张指导员安慰着，"你的东家要是再打你，我们帮助你。"

"不，不，我不回去。"他叫喊着带着要哭的声音说。

张指导员见到这个孩子是那样的坚决恳求，也担心他回到原来的地主东家，要吃大苦头，便按照向营部请示以后，营长和教导员指示的意见说道：

"这样吧！你就留在这里的周保长家里做点事情吧。"

说着，他指指保长周士贵。李小虎跟着指导员的手指看了看周士贵以后，便死命地摇着头，粗着嗓子叫着：

"我不，我不！"

李小虎眼里的保长周士贵，跟胡四胡子是一路人，也是个地主老爷的派头。他想象得出，留在这个人的家里，跟回到胡四胡子家里，是没有什么两样的。

"你不要怕，有我们。"张指导员指着自己的胸口对李小虎说。

这时候，李小虎却哇的一声哭起来了。

站在旁边的余国才，用代他祈求的眼光，望着连长和指导员。

出乎王连长、张指导员的心意，是深切地同情这个孩子的遭遇和要求的。面对着哭泣着的苦难的孩子，王连长和张指导员的目光，彼此对望着，商量着。他们的眼光里发出了这样的问题："这怎么办？"

他们是知道的，可是上级有过明确的规定，在新区不能随便吸收战士，防止敌人派遣的奸细混到队伍里来。这孩子，自然不一定是敌人派遣的奸细，但也不能贸然吸收下来。"怎么办呢？"沉静了一会儿以后，还是只能按照营部的指示，把这个孩子交代给当地的保长，责成保长照护，让这个孩子有个着落。这样办，总比叫他回到原来遭受蹂躏(róu lìn)、打、骂的地主家里，或者让他自己去流浪要好些。王连长和张指导员，终于作了不能不使这个孩子大失所望的决定。

王连长对保长周士贵命令式地说道："这个孩子，我们交给你。你要负责给他些轻便活做，给他饭吃。不能打、骂！不能虐待！"

保长周士贵踏掉了扔到地上的烟头子以后，弓起腰来，装出一脸笑容，满口承当下来：

"这个，连长、指导员宽心。我家也正缺少个做轻活的小伙计。请宽心，请宽心，我们吃什么，他也吃什么。累不了他，也苦不了他。对待个小孩子，谁总有个恻隐之心。"

接着，王连长决断地对李小虎说：

"就这样吧！你跟他去吧！"

保长周士贵站起身来，向着连长、指导员连连地点头道别，走了。随后余国才便拉着李小虎的膀臂，跟着保长走了出去。

"你先在这个地方待些日子，等我们大部队过来，把这里解放了，还要分田分地打恶霸，消灭地主，到了那个时候，他们就欺侮不到你……你不要怕他们，我们队伍再打这里过，我一定来看你。"余国才看到保长走远了，便把李小虎拉到墙角上，这样轻言慢语地安慰着、说服着他。

当余国才把他送到离保长门口不远的地方，要和他分别的时候，他用力地抓住余国才的手腕不放。他的眼眶子里，禁不住地流下了滚滚的泪水。

他觉得他重又堕入到恶毒的地主胡四胡子的手里，急得双脚乱跳，死也不肯踏进保长周士贵的大门。这时候，余国才的心里痛苦得很，就这样把这个遭受了凌辱、虐待的孤单的孩子安置下来，他是不忍心的，但也没有别的办法好想。他从腰皮带上，抽下了洗脸毛巾，替李小虎揩去了眼泪之后，又从军服右上方的衣袋里，摸出了一个小布包儿，在保长门口的暗淡的灯光下面，从布包里取出了五块钱的票子"北海币"，塞到李小虎的手里，轻声地说：

"你拿着，饿了买点东西吃。背上的伤痛，找个医生给你上上药。"

接着，他又告诉李小虎说：

"我们的大军，快要过来了。我们是共产党领导的，是毛主席、朱总司令的队伍，我们有许多许多大炮、机关枪。隔些日子，这个票子就可以用的，你好好地收起来。"

李小虎从余国才的话里，获得了新的希望，眼泪也就不再流了。

余国才紧紧地握了一下李小虎的手腕，跑回连部去了。李小虎在黑暗中呆望着奔跑着的余国才的背影

紧接着，保长周士贵叫他家管事的大块头走出门来，猛地一把，把李小虎拉到里面，关上了大门。


# 三


第二天，没有下雨。为了赶到二十多里远的一个地点，和中国共产党地方党委取得联系，队伍在早晨五点半钟——天才朦胧亮的时候，便离开了土寨，向东南方向开去。

夜里，保长家管事的指定给李小虎睡觉的地方，是仓房里三个大粮食囤子夹当子里的一张破芦席上。李小虎一整夜没有睡着，他不想睡，他的背痛和仓房里叽叽哇哇的老鼠打架的声音，也不让他睡。他几次走到天井里张张望望，保长家厨房门口的一条老黑狗，好像奉它的主人的命令，专门监视着李小虎似的，也几次狂声大叫起来。李小虎只好回到仓房里的破芦席上，侧着身子睁着眼睛躺着。

太阳上了树梢头。

保长家的大门一开，他便向大门外走。可是，那个管事的大块头，向他瞪起了两只牛眼，大声地吆喝起来：

"回来！不要乱跑！"

这个人一脸的凶相，竖着长长的两道黑眉，喊叫出来的声音，像是炸爆竹似的，刺耳得很。李小虎回头一怔，大块头正伸出手来抓他。李小虎吃这种人的生活吃得多了，这样的凶神恶煞的人，也见得多了。昨天晚上，余国才也告诉过他"不要怕他们"，所以他没有闪避，他想看看这个大块头到底怎样行事。大块头见到李小虎站住了脚，伸出来的手就缩回去了。

"保长说的，叫你不要出去。"大块头哼着鼻子对李小虎说。

"我怎么不能出去？"李小虎抗辩道，"我犯了罪？"

大块头瞧不出这样一个小孩子，还有这么一口硬腔，重又睁着牛眼说道：

"想不到你还有这么大的胆子？有本领，为什么要从胡四胡子家里跑出来？"

昨天夜晚，保长周士贵从连部回来，就打定了主意，把这个孩子管这么三天五天，等队伍走远了，就把他送回到胡大庄去。胡大庄离土寨不到三十里路，周士贵跟胡四胡子是常有来往的老世谊，他不能收留胡家逃出来的小伙计。昨天晚上他之所以答应把这个孩子收留下来，一来是碍于连长、指导员的当面不好回口，二来是为的替胡四胡子着想。他想："要是这个孩子弄到共产党的队伍里夯起枪来，将来得了势，定然要对付胡四胡子的。"

保长起床了，用过了早饭。

他跟管事的大块头不一样。他把李小虎喊了去，就低声和气地说：

"你在我家有吃有喝，无忧无愁。拿枪杆子，那不是你的事，连长、指导员不是对你说了吗？你年纪小，个子矮，人还没有枪长，能当兵吗？"

李小虎一看他那个手摸着黄胡子、大腿跷在二腿上的老爷样子，就打心里头发生厌恶了。他不想听下去,转身就朝外走。

"回来!回来!"保长周士贵喊住了李小虎,接着他张眉瞪眼地说道,"他们那个队伍,是共产党,你年纪小,不懂事,他们放火、杀人!……"

李小虎听不下去了,翻起了白眼对着周士贵,用他那亢朗亢朗的嗓音反驳道:

"他们队伍里没有一个坏人!他们杀什么人?放什么火?你说瞎话!"

保长周士贵,本想利用队伍不收留李小虎这件事,制造李小虎对解放军的恶感的。谁知李小虎倒为着解放军大声辩解,这使得周士贵的黄胡子突然翘了起来,他的手向椅把子上用力一拍,高声地向着院子里喊道:

"大块头!"

大块头的姓名叫蒋七,早就侍候在厅堂外面。听到了保长的招呼,马上走了进来。

"把他带了去!"周士贵发怒地吩咐道,"下半天晒场,要他夯粮食。没有事,叫他挑挑水。不让他乱跑!"

李小虎走出了保长的厅堂,回到仓房里的破芦席上,恼闷地苦着脸,想着心思。

他想念着余国才。他看看没有人,拿出了余国才昨天晚上送给他的五块钱的"北海币",是新的,拿在手里硬骨骨的。他看了一阵,便把它卷成一个长条条,穿入到裤带子的小圆口里去,怕它滑掉,他把裤带的两端打上了结。

他想念着炊事班里的孙班长、陈东林、老顾、卫生员,还有别的一些和余国才、孙班长、陈东林、卫生员他们一样好心肠的战士们。

他明白他又要受苦了，又得挨打挨骂了。又要回复到在胡四胡子家里那样的日月了。再说，这地方离胡大庄也不过三十来里路，说不定有一天，还要落到胡四胡子手里。要是那样，不是更加糟糕吗？

他忽然从芦席上爬起来，走到厨房间去，装着舀水喝，察看一下厨房间有没有通到外边的后门。厨房，本是有个后门的，已经给砖头封起来了。他从厨房里走了出来，一转角拐到了厅堂左边的小巷子里。一看，小巷子的一道墙已经被雨水冲塌了半边，塌下来的一堆砖头，还杂乱地堆积在那里。但是，这是大白天，走不出去，走出去也跑不脱。于是，他又乘着没有人注意的时候，从小巷子里走了出来。

他想再从这个虎口里逃脱出去。可是，往哪儿逃呢？队伍到什么地方去了呢？找到了队伍，他们还是不肯收留，又怎么办呢？这样一想，他又陷入迷茫的混乱的境界了。"好吧，暂时待几天再说吧！""周士贵，大块头，真的会像胡四胡子跟胡四胡子家的狗腿子一样狠毒吗？"他又有些犹疑起来。

他又回到那张破芦席上，仰躺着不好，侧着身子躺也不舒服。于是，爬起来走出了仓房，站立在院子里望着天空。

厨房里在烧午饭了，黑馒头白馒头摆了一案子准备上笼。

做饭的老妈子，尖着嗓子向院子里叫着："缸里没有水了！"李小虎听到以后，为他的劳动生活的习惯所支配，随即跑到厨房里，拾起扁担和水桶就走。一连气，他挑了四担，把见了底的一口大缸装了满满的水。

奉命管制李小虎的大块头，见到李小虎系短了水桶上的练绳，挑着两桶满满的水，脚步走得又稳又快，虽然出心是轻蔑的，但也不得不带着称赞的意味说：

"瞧不出他还挑得起六七十斤重的一担水哩，不赖！像个小牛犊子。"

李小虎昂着头，挑着水担子往前走，没有理他。当李小虎挑完了水，坐在门槛上歇息的时候，大块头阴腔怪调地说道：

"这样不好吗？还想当兵拿枪杆子！"

李小虎装着没听见，转过脸便回到仓房里的破芦席上去了。

吃午饭的时候，大块头叫老妈子给了李小虎三个高粱面做的黑馒头，一大碗白开水。李小虎吃了两个，把剩下的一个塞到放在芦席头上的黑夹袄底下。

实在是疲乏了，李小虎倒在破芦席上呼呼地睡觉了。刚倒下头来不到一顿饭的工夫，大块头指挥着好几个雇工伙计，提着笆斗到仓房里来，他一见李小虎在呼呼大睡，朝着李小虎的屁股就是不轻不重的一脚，吆喝着叫李小虎起来：

"懒虫！大白天睡！夯粮食到晒场上去！"

李小虎被大块头踢醒，红着眼睛在发愣。大块头接着骂开了：

"死猪！滚开去！"随着又是一脚，把放在破芦席上的李小虎的破夹袄踢了开去，放在破夹袄底下的一只高粱馒头，被踢得跳了出来。

"啊！你偷馒头！"

说着，大块头蒋七，便伸出他的粗大的手来，往李小虎的脸上扑去。李小虎吃了他狠狠一巴掌，动也不动，还是站在原来的地方。

雇工伙计们，爬上了粮食囤子，开始把玉米、高粱、小麦，一笆斗一笆斗往外夯，粮食囤子里的泥灰，在屋子里飞扬起来，大块头捂着鼻子走到院子里，高声嚷着："夯粮食！"

在威逼辱骂之下，李小虎不甘心做生活，转而一想："好吧！反正也只有这么一回了。"于是，从一个雇工手里接过了约莫五十斤重的一笆斗粮食，晃上了肩膀，夯了出去。跟在他的背后，自以为得计的大块头，又是阴腔怪调地说：

"贱骨头！不打不骂不听话！"

李小虎呢？人穷，骨头可并不贱，好像没听见一样。

夯好了粮食，李小虎和雇工们一道，在沟边上洗脸擦身子，他脱下了陈东林送给他穿的白衬衫，一看，衬衫的肩膀，已给笆斗磨毛了，袖子上，背后，都是泥灰，想洗一洗，初冬的太阳没有劲，天又快到黄昏，洗了晒不干。只好拿到旁边抖了一抖，把浮灰抖掉。这时候，雇工唐大柱，看到了他的背后有着青一块紫一块的伤痕，便问他：

"小兄弟，你的背后怎么的？"

"还不是给驴蹄子踢、狗爪子抓的！"李小虎连怨带骂地回答说。

"喂！你可不能当他们的面这样说呀！"唐大柱关切地警告着说，"那个大块头惹不得呀！"

李小虎走到唐大柱的身边，轻轻地问：

"你晓得昨天晚上来的队伍，往哪儿去啦？"

"东南，下去二十来里就住下了。"唐大柱回答。

"你怎么知道？"李小虎紧接着问

"我替他们挑担子去的。"唐大柱说。

"他们住在哪一个庄子上？"

"你问这个干什么？"唐大柱有些惊异地反问着，"这个不能乱说，队伍里关照的。"

李小虎的心里，暗暗地高兴着。东南方向，二十来里路，要跟上去找他们，心里也有底了。

"老哥，"李小虎想从唐大柱嘴里探听一下唐大柱心目中的新四军怎么样，便挨近前去，拍拍唐大柱的肩膀说，"你看那个队伍好不好？"

"那还有话说？"唐大柱翘着大拇指睁大着眼睛说，"人好，心好，道理讲得好，跟从前的新四军是一个派头。"

"本来就是新四军。"一个瘦长个子的雇工插上来说。

"是老八路跟新四军并到一块的。"另一个上了年纪的嘴上留了胡子的雇工补充着说。

他们在沟边上讲神话似的谈说了一阵以后，回到场上。有的坐到大柳树下面的碾盘上抽烟、吃水，有的在扬锨出灰。李小虎一下子便和他们厮混熟了，也不时地拿起锨来，拨拨粮食扬扬灰。

晒好了场，李小虎和他们一起夯笆斗，粮食又重新上了囤子。

吃了晚饭，天还没黑。和中午一样，李小虎吃了两个黑馒头，喝了一碗白开水。

李小虎又重新在粮食囤子旁边，摊开那张破芦席，捡起他的破了的黑夹袄，侧着身子躺着。

当大块头蒋七走来察看的时候，李小虎听到是他的脚步声，便闭起眼皮，装着已经睡熟了。

大块头走了好一大会儿，天黑定了。保长的客厅，已经关上了门，院子里没有一点声响，老黑狗也伏到灶门口睡觉了。

李小虎坐起身来，把白衬衫的底摆塞到裤腰下边去，袖子卷起半截，然后把破了的黑夹袄，披到白衬衫的外面，因为五个钮子已经掉了三个，胸口敞开了一大半，白衬衫要暴露出来，于是一把抓地塞到裤子里面去。他摒挡好了，走到院子里向四处仔细瞧看一遍。没有人，大块头好似出去还没有回来，他睡觉的套房门还敞开半扇，没有关上。趁着这个静悄无人的当口，李小虎轻手轻脚地溜进了小巷子，踏上一堆塌下来的砖土，不料，哗啦一声，跌了一跤。伏下身子听听，没有别的动静，又轻轻地爬了起来，两手用力一按，跳上了半截墙。下了墙之后，眼睛就着地面向远近一望：跳过一道水沟，向西一拐，就是土寨的南寨门。他随手折了一根树枝，朝沟里试一试，水不深。于是双脚用力一蹬，右脚踏在岸上，左脚却拖在水里，他用两只手死劲地巴着沟崖上的树根子，才爬上去。过了沟，他定了定神，感到很轻快，觉得和一匹拴在槽上的马，挣断了缰绳，摆脱了嘴上的笼头，越出了槽厩一样，可以自由自在地奔走了。

他出了南寨门，背着北斗星，照着唐大柱说的东南方向，快步地走着。

他一心一意地去追他昨天晚上带过路烧过火的那个解放军的队伍。

他想到过，就是找到了队伍，连长、指导员还会不肯收留他，说他年纪小，人还没有枪长，当不了兵。但是，余国才对他好，孙班长、陈东林对他好，就是连长、指导员也对他好，指导员说话的时候，是笑着的，和和气气的。再说，他记得：连长、指导员把他交给保长周士贵的时候，明明白白地告诉过周士贵"不能打他、骂他"！可是，到了他家还不到半天，就吃了周士贵家大块头的一个火辣辣的大巴掌。他以为他从保长周士贵家逃跑出来，再找到队伍上，是有理好讲的。要是找到队伍，连长、指导员归根结底还是不肯收留，也好再跟余国才商议商议，要他想个法子，出个主意。

李小虎，一路走向东南，逢人便问："看到队伍没有？"在一个岔路口正在不好决断的时候，无意中发觉，在雨后的泥土路上，有许多脚印，仔细一辨别，原来是马蹄印子。他记得连长是有匹马的，于是便尾着有马蹄印的那条路走去。

他一口气跑了十多里，头上出了汗，背后的伤处也有些疼痛发痒。口有点渴，肚子也有些饿了。摸摸黑夹袄的口袋，才想起收藏着准备路上吃的一个黑馒头，在中午的时候被大块头踢掉了。于是，在路边的小沟里，捧了两口不清不混的水喝下了肚，接着朝东南方向走去。

大概跑了二十来里了，他见到一家小茅棚子里有灯亮，巴着门缝一望，一位三十来岁的大嫂，坐在那里摇着呜呜响着的纺纱车子，便推开门走了进去，好像是回到自己家里一样，顺手拿过一个树根锯成的小木头蹲子，坐了下来。

"小兄弟，打哪儿来的？"摇着纺车的大嫂问道。

"土寨。"气还没有平复的李小虎，随口回了一句。

"哎呀！跑下来二十来里了！"大嫂子见他是个年纪小小的孩子，不觉惊讶起来，接着，她慈祥地说，"锅头上有水，要喝自己去倒。"

李小虎走到柴笆墙旁边的锅灶口，拧起了瓦壶，咕噜咕噜地倒了一大碗焦麦茶。正朝嘴里喝着，顺眼看到一只黑窑碗里有半块玉米饼，肚子饿，想吃，便向大嫂子要求说：

"大娘，这半块饼给我填填肚子吧！"

"要吃你就吃吧！"大嫂子觉得这个孩子把她这个三十来岁的人称呼"大娘"，怪懂礼数的，便答允了他。

李小虎站在锅边上吃了饼，喝了茶，回到小木蹲子上坐着。正想开口向大嫂子问话，大嫂子却先开了口：

"你这样小的人，跑这样远的路，到哪儿去呀？"

李小虎这两天听到的，特别使他懊恼的，就是人家说他年纪小。他以为连长、指导员也就因为他年纪小，才不肯收留他，这位大嫂子也说他是"这样小的人"，他很不服气地说：

"还小？过了年就十六岁了。"

大嫂子转过脸来，在他身上打量了一下。

"唔，过了年十六岁？"大嫂子还是不大相信地说。

"大娘，"李小虎没有心思再谈这个了，在大嫂子又想接下去说着什么的时候，抢着问道，"有队伍打这里过吗？"

"队伍？你问的是北边过来的？"

"是的。"

"今个到的，就住在西边大庄子上。"大嫂子停下了纺车，告诉他说，"刚听说，又开走了。"

李小虎正是满心高兴，想按着大嫂子说的方向，到西边大庄子上

去，可是，她又说"又开走了"。

"开到哪里去了？"李小虎紧接着大嫂子的说话追问着。

"你问这个做什么？"大嫂子对这个孩子的紧追紧问有些奇怪。

"我要找他们。"

"你找他们？有家里人在队伍上？"

为的能从大嫂子嘴里快点得到个底细，李小虎便随口应答说：

"我哥哥在他们队伍上。"

"你哥哥在队伍上？"大嫂子接着问，"你是土寨人？"

既然问了，又不好不回答，他又将谎就谎地回答说：

"我是亳州北的界牌人。"

"哎呀！你跑了这样远？不是有百多里吗？"大嫂子惊讶地大声叫了起来，"怪不得肚子饿得这样。还饿吗？锅里还有饼。"说着，大嫂子就走到锅前去揭锅盖拿饼。

"我不饿了，不饿了。"李小虎焦急地说，"你快些告诉我队伍到哪里去了吧。"

大嫂子从锅里拿了一块玉米饼出来，递给了李小虎。

"要饿就吃，壶里还有茶。不饿，留着带在路上吃。"她像母亲关怀儿子一般地说。

李小虎接了大嫂子手里的玉米饼。

大嫂子告诉他，队伍刚开走，不到纺一两花的工夫。听说是向东去了，可以往刘集、王家河那一带去找。走在路上，说不定还会碰到送队伍去的回来的人。

李小虎把一块玉米饼揣到怀里，按照大嫂子的指点，走上向东的道路。

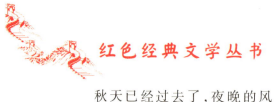

秋天已经过去了,夜晚的风,凉飕飕地扑上脸来。

因为星光明亮,一眼望去,面前的村庄、集镇、道路,是可以辨认得很清爽的。

李小虎一路上逢庄子便问,逢人便问,找寻着他一心想要投奔的队伍。

四

李小虎跑到北斗星已经落下了地平线,身子实在疲乏了,很想躺到路边高粱秆的丛子里睡一觉再走。抬头一瞧, 恰巧前面不远的地方,就是一个树木丛丛的村庄。他放快了脚步,打算走到庄子上再问一问,要是问不到,便找个地方睡觉,明天再走。

他刚走到庄子头上的岔道口, 忽然听得来自一棵大树下面的吆喝声:

"站住! 手举起来!"

接着, 就是枪机柄推子弹上膛的喀喳的声响。李小虎被吓得心儿扑通一跳,呆愣着动也不动。他木然地举起了两只手。

一个端着长枪的战士走了上来。他的枪上,带着刺刀,刺刀在黑夜里发着一闪一闪的亮光。

"干什么的?"端着枪的战士,把枪口和刺刀,平对着李小虎的胸口,厉声地问。

李小虎心里发慌起来,一下子答对不出。

端着枪的战士,看到是个小孩子,便变低了声调问他:

"干什么的? 到哪里去的?"

李小虎稍为平静了一些,看到端枪的战士戴的铁帽子,穿的衣服,打着的绑腿布,跟余国才他们一样,断定这就是他已经跑了几十里路找了一夜的队伍了,便回答说:

"我是来找你们的。"

"你知道我们是什么队伍?"端枪的战士问。

李小虎想了想,回答说:

"从前叫新四军,眼下叫解放军。"

端枪的战士,觉得这个孩子有来头,回答得对。便叫他放下了还在举着的手,自己也把端着的枪放了下来,继续地盘问着:

"你找我们队伍干什么?"

"我要找连长、指导员。"

"连长姓什么?"

"姓……王。"他想了一下才回答道。

"指导员姓什么?"端枪的战士见他的说话有些吞吐,便接着追问下去。

他答不出,呆住了。

端枪的战士,起了疑心,便一只手握住枪,一只手在他的全身上下摸了一下,又要他把衣服脱开来检查。这时候,在大树下面守望着的另一个端枪的战士也走了上来。李小虎解开了破了的黑夹袄,露出了白衬衫,揣在衣服下面的玉米饼,随即掉落到地上,另一个端枪的战士,用手电筒向地上照了一照,将玉米饼拾了起来,还给了他。

"你这件衣服哪儿来的?"另一个端枪的战士这样问道。他认得出这是自己部队里发的白衬衫:白洋布料子,衣服胸口没有挖眼钉钮子。为的是缝制的时候,挖眼钉钮子费工费钱,钮子又容易掉,缝纫

工厂便采取了这个办法,在衬衫胸口的对过对,钉着三根布带子,代替钮扣子。

"这是你们厨房里老陈同志送给我的。"

两个战士彼此的眼光对望了一下,想了想,厨房——炊事班里没有姓陈的呀。

"你认识的老陈,叫陈什么?"另一个战士问。

李小虎说不出,咕着嘴。

"我还认识姓余的小同志,"他知道他们不相信他,便又举证出另一个认识的人来。他很懊丧,也同样说不出姓余的小同志的名字来。停了一会儿,又忽地补充了一句说:"他身上背的是小马枪。"

两个哨兵"唔"了一声,其中的一个估计着说:

"怕是八连的通讯员余国才。"

"对!对!"李小虎赶紧接上去说,"是余国才,你们不信,把我带到他们那里,他们一定认识我。"

这两个哨兵是九连的。两个人商量一下,便把李小虎带到班里,交给班里把他送到九连连部去。

当晚,李小虎被安置在九连连部住的居民家里过了一夜。第二天,他在连部吃了早饭,被送到营部。

营部曾经听过八连王连长、张指导员汇报了一个放牛的孩子要求参军的事情。八连把李小虎留在土寨保长周士贵家里,就是按照营部的指示做的。姚营长和赵指导员决定要八连将这个孩子交给保长周士贵,曾经考虑到保长周士贵是不会好待这个无父无母的孤儿的。但在当时,也没有更妥善的办法,因为根据八连关于这个孩子的情形的报告,把他收留下来当战士、当炊事员,都是不合适的现在，这个受苦的孩子，竟又从保长周士贵家逃跑出来，找到队伍上来。姚营长要营部文书跟他谈话的时候，这个孩子又一股劲儿地只是哭，哭得两个眼泡儿又红又肿，死命不肯回到保长周士贵家里去。问他能不能回到胡大庄胡四胡子家里去，他更是大哭大叫地嚷着：

"你们把我枪毙，我也不回去。"

姚营长觉得很是为难，收留他，他没有入伍的条件，不收留他，要他到哪儿去呢？他的要求，是那样的急切和坚决，两次从地主家里逃跑出来，辛辛苦苦地跑了那么多的路，找到部队里来。姚营长和赵教导员商量了一会儿，便叫通讯员把李小虎喊到面前，仔细地在李小虎的周身上下，从头到脚打量一番。个子是矮了一点，可是长得倒很结实，捏捏他的两条膀臂，很粗壮，圆棒棒的，两条腿也粗实实的，像个矮腿虎。黑皮子，圆脸，两个眼珠乌溜溜发着亮光，很有精神。看起来，这孩子能劳动，不是个笨样子，估计也不会是敌人派遣的奸细。

"你一天能跑多少路？"姚营长问他。

"要跑多少我就跑多少。"李小虎回答说。

"你能挑多少重的担子？"姚营长又问。

"挑水挑两大桶，挑粮食挑两笸斗，十里八里不歇肩。"他很干脆地回答着。

"看样子，多了不行，四五十斤能挑。"赵教导员评量着。

李小虎朝赵教导员望望，从他的眼色上，表示出他不同意赵教导员对他的评量。沉默了一会儿以后，他反问道：

"两笸斗粮食，就只有四五十斤啦？"

营长和教导员，觉得这个孩子"有种"，很有点"英雄气"，于是决定把他暂时留下来。是八连沾上的事，还是交给八连，不发枪，不算

队列兵。在管理排做做事，需要的时候，要他挑挑轻便的担子。待以后回到后方，再送到后勤部门或地方机关，分配他做别的工作。

在吃午饭以前，李小虎被送到有他认识的余国才、孙班长、老陈他们在的第八连。

到了连部门前，迎面碰见的就是余国才。

余国才那天夜晚和他分别以后，一直挂念着李小虎，刚才在炊事房里，还和陈东林讲起过李小虎的事，替李小虎落到土寨保长周士贵的手里担心，想不到，他竟然又来了。余国才一见到他，便上去拉住他的手，又惊又喜地问他：

"你怎么来的？"

"昨晚逃出来的。"他紧紧地拉着余国才的手回答说。

"吃过饭没有？"余国才问。

"在他们那里吃过了。"他指指带他来的通讯员说。

带他来的营部通讯员叫朱新，跟余国才是天天见面，一见面，就要打打闹闹、说说笑笑的。朱新接着李小虎的话，伸手在余国才的膀臂上，用力地捏了一把，嬉笑着说：

"小鬼！原来你是个孤鬼，现在给你加上个同伴啦！"

余国才"哎呦"地叫了一声，推开了朱新的手，说：

"你的手生了疥疮，发痒？说正经的，营长把他留下了吗？"

朱新把拿在手里的信交给了余国才，怪里怪气地说：

"这上面写得清清楚楚，明明白白，你看了，就知道讲的是水浒还是三国。"

"这一嘴俏皮话，是山东带来的，还是新创造的？"余国才接过了营长、教导员写来的信，不冷不热地说，"这是写给连长、指导员的，我

没资格看。"

余国才拿着信带着李小虎，走到连长、指导员居住和工作的屋子门口，心情兴奋地喊了一声"报告！"，走了进去。

王连长看了信，交给张指导员。李小虎规规矩矩地站在靠门的地方，好像他已经是一个战士了。他学着余国才的样，下级在上级长官的面前，毕恭毕敬的。

"保长打你了吗？"张指导员问。

"保长家大块头打了我。"李小虎回答着。

"记住！下次碰到他，跟他算账！"王连长一边在写着什么一边这样说。

"你怎么找到这里的？"指导员问道。

李小虎便把怎样听到雇工唐大柱说的，从保长家里怎样逃出来，在路上小茅棚子里一位纺棉花的大嫂怎样告诉他的方向，进到这个庄子外边，怎样被哨兵盘查的等等情形，向连长、指导员大略地说了一遍。

"官长……"

李小虎还是用的老称呼，余国才靠在他的耳边，低声地告诉他，坐着写字的是连长，和他说话的是指导员，要他不要称呼"官长"，他便改变了称呼，祈求着说道：

"连长、指导员，留我下来了吧？"

王连长放下了笔，装作很严肃的神情故意要弄地说：

"留你下来？还是要你回到胡大庄去放牛。"

李小虎的脸上突然变了颜色，两个黑眼珠发了呆，直瞪着王连长，接着，嘴巴一张，脸儿拉长，哭了。

"不要哭！"王连长赶忙说，"好哭的人还能当解放军？"

李小虎就又连忙停止了哭泣，揩拭着眼泪。

"你为什么要参加我们的队伍呢？"王连长问他。

"你们队伍好。"李小虎回答说。

"为什么我们解放军的队伍好，反动派蒋介石的队伍不好呢？"王连长测验着李小虎对两种不同的军队的认识。

"解放军是为穷人的，"李小虎想了想，回答道，"老蒋的队伍，是欺侮穷人，替大财东做事的。"

这是李小虎平时已有的印象，也是他常常听到别人说的。

"好吧，我们把你留下。"张指导员亲切地对他说，"你要知道，在这里干，就是干革命，要干就要全心全意干到底咧！"

"那定当！"李小虎果断地说。

张指导员觉得这个孩子的成分是好的，也有革命的要求，对地主阶级有仇恨心，今后经过教育、锻炼，是可以成为一个好的革命战士的。今天，虽还没有决定他作为一个列兵，但总算接受他参加革命了，有些话，还得给他讲一讲。于是，他这样说道：

"你留在我们这里，就是参加革命。你是个受苦受难的人，像你这样受苦受难的人，天下多得很。要得普天下受苦受难的人，都能翻身，都有衣穿，都有饭吃，都有好日子过，不再受苦受难，就要革命。你要记住，你要报仇，要打倒地主胡四胡子、周士贵，还要替所有受苦受难的人报仇，把许许多多的胡四胡子、周士贵打倒……还要打倒蒋介石反动派……由我们工人、农民、人民大众坐天下。"

李小虎对指导员的话，听得很入神。指导员讲了以后，他握着拳头说：

"我发誓,定当全心全意干一辈子!"

王连长走到他的面前,微笑着说:

"好! 有志气!"

王连长把写好的回信交给了余国才,要通讯员朱新带回到营部去。

隔了一会儿,王连长便要余国才把管理排长喊来,命令他分配李小虎在管理排生活和工作,好好管理教育。

李小虎向王连长、张指导员,连连地鞠了好几躬,跟着管理排长出了门。

余国才对李小虎参加了革命,心里感到很高兴。但也感到自己比别人要多一些责任。他跟在李小虎的后面,关切地说:

"要记牢连长、指导员的话,要好好地干。要服从命令听指挥,不懂的事情,要多问人家。"

"唔! 唔! "李小虎点着头应承着。

管理排长把李小虎带到炊事班里,炊事班的人立刻围拢了来,你一言我一语地问他怎么来的,吃了饭没有,背后的伤还痛不痛? 班长孙长有笑嘻嘻地向管理排长说:

"我们班里正忙不过来,就把他放在我们班里吧! "

"对! 对! "陈东林击着手掌,连声说道,"就这样吧! 排长。"

其余的人,一齐鼓起掌来,表示拥护孙班长的意见,欢迎李小虎到他们炊事班里来。

第三排机枪班的机枪射手插上来说:

"我看长得怪结壮,到我们班当弹药手吧! "

陈东林是个有名的腿快嘴快的人,接着话音就答对上去:"这个意见,对不起! 请你们排长打报告,到连部去要求吧! 连长已经把他分配到我们管理排了。"

管理排长分配给李小虎的工作是上士秦和的助手，没有派他到炊事班里去。因为他是这一带地方的人，懂得些风俗习惯，上士是个江南人，他可以在语言上和其他方面帮助秦和提粮、买菜。行军的时候，就让他挑挑轻便的担子，如没有发完的毛巾、鞋子和军服之类的东西。

管理排长找出了一套最小一号的军服，在他身上验了验，还是觉得长了。在一边端详的陈东林说："能穿！下两水就差不多了。"

管理排长又拿出几双皮头布面的鞋子出来，让李小虎拣合脚的穿。

人小脚可不小，鞋底子和脚板子比验一下，除去一双最大的以外，其他两三双都大小差不多。管理排长找来找去，没有帽子了，便告诉他说：

"暂时就敞着头吧！"

下午，李小虎照着管理排长的指示，自己烧了一锅热水，借了居

民的一口大缸，用高粱秆子遮挡起来，在墙角上朝阳的地方洗了个澡，卫生员又来替他看了看背后的伤处，用药水擦了一擦。之后，他便穿上了土黄色的军服，布面皮头的行军鞋。

脱下来的黑布夹袄裤，自己看看，又脏又破，便到村东水塘里洗了一洗，然后挤干了水，晾在大场上高粱秆的堆子上。

李小虎在队伍里很快就混熟了，能做工作，人又老实。炊事班里欢喜他，他常常到炊事班里去帮助他们挑水、淘米、烧火。战斗班的战士也欢喜他，大家觉得他够得上当个战士，不说别的，单说跑路吧，两条腿像是棍子拨似的，又快又利爽，行军从来不掉队。有一次，大家在练习扔手榴弹，要他扔一下试试，虽说姿势不正确，身子倾斜得过度，向前跟跄了两三步，几乎跌倒在地上，可是扔得确是很远，量了一下，二十九米出头，两三个比他高大得多的新战士，还赶不上他。最感到李小虎得力有用的是上士秦和。秦和平时的工作，做得不够好，大家很不满意，战士们喊他"豆子精"，他采买来给大家吃的菜，不是豆腐，就是豆芽，再不就是豌豆、蚕豆。虽说，这个地方东西贵，改善伙食有着很多困难，可是，在李小虎跟他当了助手以后，能够帮他到居民家里去匀些蒸咸菜、腌胡萝卜和酱瓜子来，使大家能换换口味，多下点饭。有时，两个人都穿上便衣，跑上十里八里路去赶集。秦和是外地人，不开口，只管付钱收发票，讲价还价都由李小虎动口舌。这样，连里伙食也变好了，五天七天还可以吃到点荤腥，或者是肉，或者是鱼。

这样一来，同志们对秦和的意见就少得多，秦和也就越发觉得李小虎这样的助手，是不可缺少了。每到晚上睡觉的时候，秦和总是把自己的毯子，搭一半到李小虎的身上去，就是吃两颗花生米，也要给

李小虎一颗。秦和常常对李小虎这样说：

"你就跟我这样干下去吧，我们两个多合得来呀！"

合是合得来的，秦和这个人也是个心肠不错的人。这样干下去，李小虎也没有什么意见，可就是有时候要朝战斗班里跑，人家擦枪，他左看右看；人家端着枪瞄三角，他也左看右看；人家练习扔手榴弹，他挨不上去，便拾起地上的破砖头或者硬泥块子往田野里扔。使他最感兴味的，是余国才身上背的小马枪了，小巧、玲珑、亮闪闪的，要是有那么一支，背在自己的身上，当了战斗兵，嘿！周士贵、大块头、胡四胡子，碰到当面，亮给他们瞧瞧！再敢伸出驴蹄子、狗爪子，就对不起他！他常常这样想，夜里也常常做这样的梦。

他打算把这个心思跟余国才谈谈。

十来天以后的一个夜晚，队伍刚刚行过军，到了宿营地，他看到了余国才到卫生员的房子里去，便跟了进去。他看到卫生员把一根小玻璃棒塞到余国才的嘴里含着，又用手在余国才的脑袋上摸了一摸，他知道余国才有病了。卫生员诊断的结果，是余国才患了疟疾，给了余国才一包药丸。当余国才拿着药丸出来，李小虎关切地问道：

"你的病狠不狠？"

余国才回答说：

"'打摆子'，没有什么。"

他很想和余国才谈谈他的心思，看到余国才的面色发黄，精神不好，没有出口。把余国才送到连部门口，便回来了。

睡觉的时候，他解下了裤带，把藏在里面的一张五块钱的"北海币"拿了出来。他想送还给余国才，好让余国才买点有口味的东西吃。从外面进来的上士秦和，见到他手里拿着"北海币"，便问他：

"你哪里来的这个票子？"

他告诉秦和这张票子的来头，说要送还给余国才。等秦和告诉他这个票子在这一带新区里不用，他才想起跟秦和平时出去买油买菜，用的都是现洋和老蒋的"金圆券"。

"你还给他，他也用不上。"秦和要他不要还给余国才。

他觉得余国才对他那么好，处处关心他，爱护他，真比亲兄亲弟还要好上多少倍。现在余国才有了病，总该尽尽心意才是。

第二天天朦胧亮，秦和还没有醒，他便爬起身来。他解开了床头的小包裹，拿出那套破夹袄裤，打算把它拿去向居民换点什么给余国才吃。他轻手轻脚地拿着衣服走了出去，东瞧瞧，西看看，老百姓都还没有开门。再想想，拿衣服向老百姓换东西，怕老百姓也不愿意，便走了回来，把衣服仍旧放在小包裹里。

吃过早饭，秦和从管理排长那里回来，告诉他营部来了通知，发津贴费了，每人先发半个月，要他自己去领。他听说以后，急忙地跑到管理排长那里，领取了半个月的津贴费。他拿了钱，随即走到一位老大爷家里，买了老大爷家仅有的三个鸡蛋，就在老大爷家的饭锅里煮了一煮，便装到衣袋里。因为怕它撞坏，用手在衣袋外面把热烫烫的三个鸡蛋抓着，跑到余国才住的地方去了。

余国才正和两个同志谈着话，说两三个月以前在铁路北的沙土集打胜仗，活捉到敌人军长段霖茂的故事。李小虎斜着耳朵，听得很有味道，当他听到缴到二十多门大炮，俘房七八千个敌人的时候，不住地拍着大腿叫着："哎呀！捉到那样多呀！"

谈的人越来越多，越谈越起劲。有人讲起了莱芜大战，有一个班十二个人，就捉了三百多个俘房。又讲到一个被俘房的敌人师长，涂了一脸黑灰,冒充伙夫,混到厨房里烧火,在烧了半个多月以后,终究又被查了出来。有人讲起了孟良崮战斗,打得又干脆、又漂亮,敌人的王牌整编七十四军被消灭得干干净净。战斗结束之后,敌军的大洋马满山遍野地乱跑乱窜……

李小虎听得出了神,忘掉了他来到这里是干什么事的,人家已经把故事讲完了,他还是催促着:"还有呢?你再讲下去。"直到卫生员走进来,要大家让余国才休息休息,他才想起他身上的口袋里,还有三个煮熟了的鸡蛋,早该拿出来给余国才吃。

他把三个鸡蛋,放到余国才面前的洋磁碗里。

"你从哪儿来的鸡蛋?"余国才问他。

"津贴费买的。"他回答说。

"你自己吃吧!我不饿。"

余国才把鸡蛋送还到李小虎面前。李小虎随又把鸡蛋放到余国才面前的洋磁碗里去。

两个人,在桌面上你来我去地推送着三个鸡蛋。

"人家一片好心,吃就吃了吧。"一个战士说。

"真是感情不错啊!小鬼对小鬼,两个人三条腿!"另一个战士打趣地说。

屋子里的战士们,一齐哄然大笑起来。

在同志们的笑声之下,李小虎有些受窘。隔了片刻,他从余国才面前拖过洋磁碗来,一边拿起鸡蛋,在桌面上打裂了壳子剥着,一边说:

"你不吃,我吃。"

李小虎把三个鸡蛋剥完,在余国才不曾注意的时候,赶快地又放到余国才面前的洋磁碗里,颠起脚步跑出去了。

余国才笑了笑，把鸡蛋吃了。

隔了几天，余国才的病好了。

早饭后，余国才坐在一家门口的太阳地，和李小虎谈说着。

"在这里惯不惯？"余国才问道。

"惯得很！"李小虎回答说，"我认得五十多个字了。"

"你把你的名字写给我看看。"余国才把插在胸前袋口上的自来水笔递给他。他接过笔来，便在余国才的手心上，一笔一笔地写着"李小虎"三个字。三个字写得一笔不错。余国才翘起大拇指称道："顶括括！"

"我哪里赶得上你呢？识那么多的字，能当通讯员，身上背着枪，又会打仗！"李小虎羡慕地说。

"指导员常说，人不是生来什么都会的。"余国才说，"什么都是学会的。只要肯学就行。"

他们谈着说着，一直谈到太阳挂到西南角上，两个人才分了手。

## 五

队伍在这一带执行侦察任务，已经将近一个月了。季节已经入了冬，天冷了。

营部的电台接到了团部来的电报，要他们在两天以内，赶回到亳州以北地区，扑灭"还乡团"，和团部会合，并领取他们的冬季服装。

当晚，全营集合，星夜行军北上。

将近一个月的新区游动侦察的生活，脱离后方根据地，接不上供给，大米早就吃不上，小米也不能经常吃了，有时一天只能吃到两餐

高粱粥和豆面疙瘩。几乎每天夜晚要行军，路有得走，仗却没有得打。好几次准备了战斗，可是枪还没打响，敌人就溜掉了。战士们说："只要有仗打，一天吃一餐也没有意见。"

听说要回到北面去和团部会合，上面下来的命令又是急行军，战士们作起估计来了。"诸葛亮"都出来了，有的说："一定要发动大的战役了。"有的说："说不定要配合第二野战军打开封。"有的说："恐怕是破铁路。"有的说："你又不是司令员，胡猜瞎估计的！"也有的在彼此争论，拍着巴掌打赌说："我估计对了，你请客；你估计对了，我请客。"大家正在一面估计争论，一面收拾枪支弹药、背包、干粮袋，准备集合出发的时候，余国才跑来忽然半腰插上一句："我看，你们两个都得要请客！"

"小鬼！你的消息灵通，你说说看。"

余国才要比他们清楚些，连长跟指导员交谈的话，他是听到了的，但他不能随便"小广播"。

"我是什么消息灵通？还不是拿着拐杖当笛子吹，一窍不通！"他这么说了两句就跑走了。

余国才是找李小虎的，因为今天夜晚要急行军一百里，想关照他不要把绑腿布打得太紧，鞋子上的绊带子要钉钉牢。可是李小虎不在炊事班，也没跟上士秦和在一块。

他找了一圈没找到，便回到连部去了。

李小虎听大家议论说要打大仗，又活动起心思来了。他一个人把背包垫在屁股下面，早就坐在集合场上的谷草堆子旁边，在皱着眉头想心思。他在连上生活得很快活，有人喊他叫"小鬼"，有人喊他叫"小皮球"，有人喊他叫"矮腿虎"，也有人喊他叫"没柄手榴弹"，大家也称呼他是"同志"。可是，每天晚上点名，虽然站在排尾也算是队伍里的一名兵，却总是不叫他的名字，人家都大声地回答"有！""有！"，他想回答却答不上去。人家有枪，他没有，就是炊事房同志，也每人发了四个手榴弹，他一个也没有发到。他要求过好几次，上士秦和总是说："这个东西很危险，弄得不好要炸的。"他对秦和的说话是不服帖的。"大家不怕危险，就是我怕危险？大家挂在腰里不会炸，我挂在腰里就会炸？"还有，大家的面前，都钉上个长方形白布红边印着"中国人民解放军"七个字的符号，他也没有。问过秦和，秦和笑着回答说："发完了。"发完了，为什么不到营部去领一个来呢？他想来想去，他还不是个正式的兵。他打算明天再去问问余国才："为什么老是不点我的名？为什么符号不发给我，手榴弹也不发给我？"

队伍集合了，张指导员讲话，要求大家不要掉队，不要拉当子，各人检查一下自己的东西，各班各排检查一下有没有借了居民的用具没有归还的，打坏了的都赔偿了没有。检查以后，张指导员声音嘹亮地带着鼓动性地说道：

"……同志们要互助互爱，不怕疲劳，发扬艰苦奋斗的精神，勇敢地迎接光荣的任务！……"

队伍踏上了征途，振奋有力的步伐，沙拉沙拉地踏着黄沙路前进着。

初冬夜晚的凉风，吹拂着原野，吹拂着战士脚下的尘土。

两个夜晚的急行军，一共走了一百七十里的路程。当第二天夜里队伍在合兴庄住下的时候，已是凌晨两点钟了。

王连长和张指导员，正在和一个五十来岁的居民谈话，询问情况，营部通讯员朱新气喘喘地跑进来，"报告"一声之后说道：

"营长请王连长，立刻骑马到营部去！"

歇在门外正在吃草的小川马的鞍子还没有下，连长抓过了马嚼口，朝马嘴上一勒，跳了上去，就朝着朱新指的相隔一里来路的西南方向的庄子跑去，朱新和余国才，迈开大步，跟在马屁股后面追了上去。

约莫半个钟头以后，王连长带着标有红蓝箭头的一张作战地图回来，和张指导员商量了一下，便把各排正副排长和本连党支部委员找来，布置两三个小时以后的战斗任务。

王连长向同志们说明了敌情："还乡团"官兵二百来人，住在合兴庄西北八里路的胡大庄；有国民党特务匪徒十多个，国民党正规部队一个排的兵力掺杂在里面；他们有迫击炮两门，重机枪三挺，轻机枪五挺，步枪五十多支。"还乡团"团部扎在庄子西头的大炮楼里。敌人的团长——"还乡团"团长，是已经被我军解放的山东曹县从前的国民党县长，副团长是匪首汤恩伯派来的，胡大庄的大地主胡四胡子胡亦哉，是"还乡团"的高级参议。敌人的意图，是侦察铁路两侧我军的动态，掩护铁路交通。

王连长说明了情况之后，随即传达了全营的战斗任务：消灭敌人的全部，在上午九时以前解决战斗。本连的任务是：从庄子南面攻击，占领大炮楼，歼灭敌人的团部。他随即要管理排长先走，赶快煮饭，保证四点三刻开饭，六点钟进入阵地，开始攻击。

张指导员要求连队的堡垒——党支部，共产党员们、青年团员们和干部们，坚决地保证战斗任务的圆满完成，提出"打一个胜仗与团部会合"的口号。警惕大家不要轻敌："弱敌要当强敌打！"

干部们，党支部委员们，兴致勃勃地离开了连部，去准备战斗了。

连里、排里、班里，迅速地进入了战斗准备，有的在擦枪，有的在擦洋锹,有的在检查榴弹,有的在煮饭烧水,有的在开会,有的在向居民查问地形,全体人员浸入到热烘烘的紧张的气氛里面。

李小虎,一见队伍在合兴庄驻扎下来,便勾起了盘算。他认识合兴庄和合兴庄的人们。合兴庄的人们,也认识他。他和上士秦和住的那一家的老大娘,曾三番两次地瞅着他,只是因为在夜晚的灯光下面,他又穿的军衣,一声也没有响,就没敢上前认他、叫他。他呢,认得很清爽,那位老大娘,是居二妈妈,胡四胡子家的佃户,他曾经跟她家的儿子到她家里来过好几次,在她家里吃过两三回饭,她的儿子常到胡四胡子家里做零活,现在不在家。李小虎还不曾从胡家出走的时候,就听说居二妈妈的儿子到铁路上做路工去了。李小虎很想让熟悉他的人知道他已经当了解放军,也很想通过这些熟悉他的人,把他已经当了解放军的事情,告诉给胡四胡子,让胡四胡子心里明白:李小虎不怕他了,不会再受他的欺侮、打骂了,有朝一日,还得请他看看颜色。可是,他手里没有枪,胸口也没有个解放军的胸章符号,算算,快有一个月了,没有被点过一次名,还不是一个正正式式的兵。他想来想去,觉得还是暂时不露面,不说出来的好。

现在,听说要打仗了,而且明明白白说是胡大庄到了"还乡团",要打胡大庄。大家都在铿铿锵锵地磨刀擦枪,马上就要开火了。这使他突然地兴奋起来。在他想来,打下了胡大庄,把胡四胡子当胸一枪撩倒在地上,那才痛快!算个兵不算个兵的事,他不再去思想它了。他急急忙忙地走出了屋子,找到上士秦和问道:

"听说要打仗,派我做点什么?"

秦和告诉他说:

"打仗的时候,大家最辛苦,伙食要搞好。要想法子买一口猪,早点杀好，做好，等战斗一结束，同志们就有得吃。"

他对这一番话兴趣不大，应了一声"这个容易！"便走开了。

他奔到连部去找余国才。

刚到连部门口，连长还有几个排长和余国才他们，迎面从连部匆匆地走出来。

"小鬼，要打仗了，不要乱跑！"连长摸了一下李小虎的脑袋说道。

"我也去！"他勇气十足地说。

他在他们后面紧跟上去。他靠住余国才的身边，问道：

"是打胡大庄吗？"

"你想去吗？"连长戏谑地说着。

"我想去！"他正经其事地回答着。

"你的枪呢？"连长问他，"没有枪怎么好打仗？"

就在这个时候，走到了岔路口，向西、向北、向西南有三条路。带路的人是个六十来岁的老头子，眼睛不大对，也因为有些顾虑，愣在那里。李小虎冲到连长面前，手指着向北的一条路说：

"走这条路！我认得。"

"你认得？"连长问道。

李小虎已经当了带路的了，他和余国才并着肩，走在连长的身边，那个老头子反而退到后面去了。

"他是这个地方的人。"余国才替他说明，"他就是给胡大庄的大地主打得跑出来的。连长，忘记了？"

"噢！"连长想起来了，接着问李小虎道，"你跑动跑不动？"

"这才几里路，跑得动！"李小虎干脆地回答着。

带路的老头子，认出了李小虎的相貌和说话的声音，插上去说道：

"那不是小虎吗？你带去吧！我这个眼睛不中用。"

"好吧！你回去吧！"连长让老头子回去了。

连长和几个排的干部，由李小虎带路，走着急速的步子，到胡大庄外围去看阵地了。

一路顺风，一点弯路没有走，李小虎把王连长他们带到胡大庄南面一里来路有一家独立屋的地方。他们伏在地上，向前慢慢地爬行着，观察着胡大庄的地势，找寻着攻击道路。看了一阵，他们回到独立屋里。连长问一句，李小虎答一句。沟有多宽，水有多深，哪个地方有水塘，炮楼有几层高，有几道铁门，炮楼前面的广场开阔地有多宽多长，炮楼四边的围墙有多高……李小虎一草一木地说得清清楚楚。王连长出乎意外地得到这么一个熟悉情况的人，心里高兴得很。王连长从袋子里摸出一块高粱饼来，掰了半块给李小虎，自己吃半块。

"你不要回去，就跟余国才在一起，跟着我行动。"王连长告诉他。

李小虎从里向外地高兴着。隔了一会儿，他忽地想起了一桩事情，告诉余国才说：

"秦上士说，要我想法子买猪的。"

"不要紧！"余国才说，"等一刻队伍都要开过来的，叫人告诉他就是。"

"哎呀！我的背包没有带来！"他不安地说。

"我们都没有带来，管理排长会替你收起来的。"余国才说。

胡大庄的四周，响起了犬吠声。

东方露出了曙光，一道一道安静的平匀的淡青色的云，浅灰色的云，泛着微红色的云，像是一湖清水被朝阳照映着的波纹，微微地荡漾在天的边际。

队伍包围了有百来户人家的胡大庄，进入了阵地。刚是六点钟的时候，炮声响了，枪声响了，大地在人们的睡梦中震动起来。

攻击的队伍，迅速地冲了上去。敌人的炮火，我军的炮火，迫击炮、六〇小炮、轻重机枪的响声交织着，呼啸着，冲击着初冬的早晨的气浪。

勇敢的战士们，渴望战斗的战士们，冒着敌人还击的弹雨，有的低着身子，贴着地面，有的爬着、滚着、攻击着、前进着。

不到半个小时，四个方向的攻击的队伍，都先后进了庄子，第八连的主攻排——第二排，接着便接近到敌人的中心阵地——大炮楼的围墙了。

手榴弹的烈火，在晓色中闪烁着紫红色的光。

轰隆轰隆的响声，夹杂着喊杀声，从庄子上波荡出来，播向四野。

这样的炮火连天、弹雨纷飞的情景，使李小虎觉得十分新奇，但

又禁不住地恐惧起来。他不放松地跟着余国才，从不离开三步两步。曳光子弹在树梢上头飞射的时候，他把身子紧紧贴伏在泥地上，每当大炮和炸药的轰响声传来的时候，他便用力地抓着余国才的膀子。只是因为看到王连长一点神色不变，有时还站到很高的地方大声呼喊，指挥队伍作战，余国才也是那样的不在乎，好像子弹永远打不到他们一样，他才不得不竭力地抑制着心慌，使自己镇定下来。

王连长带着余国才、李小虎，紧跟在第一排的后面，进到庄子上大炮楼西南角上的一个牛车棚子旁边，指挥着战斗。

七点半钟的时候，大部的敌人被消灭了。俘虏成群地被押解下来。剩下的便是大炮楼里的敌人，还在顽强地抵抗着，挣扎着，不时地向着外面打冷枪。

王连长用望远镜左看右看。二排已经完全进了大炮楼的围墙，大铁门也已经打开了，炮楼的上面两层，也没有敌人了，朝外面打冷

枪的，摔手榴弹的，只是贴近地面的最底一层。他下了命令，要一排派一个班突击上去，用手榴弹朝炮楼最底一层的枪洞里掷。

一个班突了上去，敌人的机关枪子弹急雨一般地扫射出来。有两个战士伏贴到地面上往前爬进，爬到枪洞旁边，连续地掷进了三个榴弹，听得很清楚，榴弹在里面炸裂着，敌人被炸得哇哇地号叫着。可是，稍隔两三分钟，从那个枪洞里，又打出了冷枪，扔出了手榴弹。

全部战斗，只剩下这一个尾巴了。眼看着为了消灭这一个攻击点的敌人，单是第一排，就负伤了三个战士、一个班长，牺牲了一个战士。

王连长焦急得很，从车棚子里伸出头来，喝令着大声呐喊着要战士们冲锋的一排排长，立即停止攻击，要他把情况研究一下再打。正在这个当口，从炮楼的底层"嗤——"的一声飞来一颗子弹，王连长把身子一斜，子弹从他的耳朵旁边穿了过去，钻进了车棚后面的谷草堆子。

二排副排长魏平，手里提着汤姆式机枪，带着一个战士，从铁门里出来，贴着墙根，避开着敌人的火力，弯到南边的沟沿下面，绕向车棚子这边来。王连长一个急转身出了车棚，余国才和李小虎也跟着跑了出来，他们隐在车棚子的土墙后面，迎望着二排魏副排长的到来。

在战斗中滚、爬、跌、撞了的魏副排长，满身泥土，衣服袖子上撕开了两处大缺口，一只绑腿布也松散下来，两只脚上全是污泥，鞋子和袜子已经分不清楚了。跟着他的一个战士，也是满身灰土和污泥，脸上还有些血迹和被什么东西划破的几条伤痕。

魏副排长把战斗情况向连长作了报告。他说，敌人钻到地洞里去了，炮楼里的敌人和屋子里的敌人，全都肃清了。炮楼最底下的一层是通地下室的，找来找去找不到门路。说到这里，他建议道：

"我看不如用火攻,把这些狗东西都烧死在里面。"

王连长问:

"估计里面还有多少敌人?"

"怕有七八十个。"

"你们缴了多少枪?"王连长问。

"抓了二十几个俘虏,缴了四五条汉阳造老套筒子。"魏副排长气闷地说。

"那不行!"王连长坚决地说,"敌人的团部跟重要的武器都还没有搞到,不能用火攻,一定要找到地下室的进出口!"

"就是找到,怎么钻得进去?在地下室里怎么展开战斗?"魏副排长鼓着嘴说。

"一定得把这批敌人在我们手里消灭!把武器缴到手!不能火攻!旁边还有老百姓的房子连着,一烧就会把全庄都烧掉!"王连长断然地说,"我不能采纳你的意见。"

这时候,张指导员从三排的阵地跑来了,他说,营部派通讯员来传达命令:要在一个钟头以内解决战斗。

连长看看表,此刻,已经是七点五十分。

蹲在一旁听着的李小虎,早想插上去说话,一是因为从一早晨到现在,猛烈的枪声,炮响,使得他的心很不安定,想不怕,可是胸口总有点不宁静;二是因为连长的神情很紧张,从打响了枪以后,一直板着脸孔,有话他也不好开口。

此时,枪也响得稀少了,他又好像清醒得多了。同时,他听说许多敌人都躲在地下室里,胡四胡子一定也在地下室里,他心里说:"这个老东西,不能让他逃了!"于是,当大家都在沉默着的时候,他凑上去却又不敢大声地说：

"那个地窖子我明白。"

连长、指导员都在想心思、动脑筋，没有听清他的话，王连长只是朝他看了一眼，又回过头来。

余国才又接着他重说了一句：

"连长，李小虎说他知道那个地下室。"

"你知道？"连长问李小虎。

"地窖子在炮楼底下，还有一条地道，四五丈长，有个后门，通到厨房门口。"

连长忽地兴奋起来，大家的目光也都对着李小虎。

"地道的后门口你找得到？"连长问他。

"我找得到！"李小虎大声地答道。

"你敢不敢去？"王连长大声地问。

"敢去！"李小虎用更大的声音回答。

王连长决定自己去解决战斗，要二排魏副排长赶快回到阵地上去做好准备。

张指导员回到三排阵地上去。

在二排魏副排长带着跟他来的战士，从车棚子后面显出身来，回向炮楼后面的阵地的时候，敌人发觉了，敌人的机关枪、步枪口里吐出来的子弹，联珠似的向着车棚子、谷草堆子这边洒泼过来。

王连长提着驳壳枪，在敌人火力停歇的时候踮起了脚跟，余国才提着小马枪走在连长的前头。李小虎空着手紧跟着余国才，直到这个时候，他才感觉他是进入了战斗。三个人跳跃着越过了开阔地，贴到了刚才魏副排长走过的墙边，向着大铁门的门口前进。猛不防，炮楼底层的两个枪洞里两条机关枪,从斜角上扫射过来,封锁着通向铁门的道路。王连长知道被敌人发现了,身子紧贴在墙上,停止了脚步。他急速地连声喊着,要余国才和李小虎停止前进,已经来不及了。就在这个当儿,余国才在向前奔跑中,中了敌人的射击,腿的下部负了伤,跌倒在地上。紧跟在余国才后边的李小虎一见,禁不住怔了一下,接着他便不顾敌人的火力的猛烈射击,急速地向前赶了几步,扑了上去,死命地抱住了余国才。而受了伤的余国才却对他说:

"你快走吧!不要管我!"

李小虎没有走,还是紧紧地抱着余国才。这时候,一排阵地上向着敌人的枪洞,以密集的火力射击着,把敌人的火力牵引过去了。紧贴在墙边的王连长知道余国才受了伤,便跨着大步蹿了上来。在王连长跑到余国才身边的时候,李小虎已把余国才背到身上。王连长便要他把余国才快点背下去,快点再来。

李小虎背着他的亲人似的余国才，两只手紧紧地搂住余国才的臀部，飞快地通过了开阔地，在离车棚子不远的地方，伏在他的背后的余国才，被迎面跑上来的卫生员和担架员接了下去。胸口急促跳动着的李小虎，见到余国才的神情很安详，便向余国才说了一声："我走了！"就照着原路，向着王连长站着等候他的大铁门奔去。当他正奔到通到大铁门的开阔地的当中，敌人掷出来一个手榴弹，轰然一炸，他平头正脸地跌倒在地上。王连长以为他受了伤，正要上来救他，他却忽地从地上爬了起来，像是一只矮腿虎，埋着头，弓着腰身，向着王连长的面前奔跑过去。不知从哪儿来的一股泼辣劲，使得他一口气跑到铁门边。气也没有平一平，便带着王连长和站在门口联络的魏副排长，一起进了铁门，到了院子里。

李小虎好似还在敌人的火力射击之下一样，一股劲地奔向厨房门口去。厨房门口，聚集着许多的战士。李小虎好比就是个指挥员，把膀臂一扬，要大家赶快让开。战士们觉得很奇怪，在这个打仗的时候，他这个小鬼神气十足地跑来做什么？众人让开以后，他用两只脚在厨房门口偏南的一边，连连跺了几下，便向王连长说道：

"就是这里！"

王连长走上去也用双脚跺了几下，觉得这个地方是与普通的地面不同，隐隐地感到有一种空洞洞的声音。于是命令二排长派人用洋锹把那个地方挖开，同时要战士们让开一面，架好机关枪，对准着战士们正在挖掘着的地方。

挖了没有几锹，便现出了一个大洞口，虚土沙沙地塌了下去，接着，洞里面也叫嚷起来了。二排长命令着战士们一连扔下去两个手榴弹，榴弹在洞穴里爆炸了，黑烟从洞口里喷吐出来，躲藏在地下道的敌人哭了、叫了，他们发出了绝望的声音。接着有人在洞穴里勒着嗓子喊叫起来：

"不要打榴弹！我们出来投降！"

于是一个接着一个，低着头，举着双手，满头满身的泥土，颤抖着爬了出来。

大家瞪着眼望着，李小虎也瞪着眼望着。看他们那副缩着脖子的狼狈相，真是又可恨又好笑。

爬出来的鬼东西有八九十个。但仔仔细细地看来看去，始终没有看到大地主胡四胡子，李小虎失望得很，自言自语地："胡四胡子呢？"

俘虏被带出去了。

李小虎引导着战士们钻下了地下道，搜缴战利品和搜索残敌。地下道里横着竖着躺着二三十具敌人的死尸和好几个受了伤的敌人。步枪、机关枪一小堆一小堆地簇在一起，零碎的子弹散满在地上，打算找寻一支跟余国才背的一样的小马枪的李小虎拣来拣去，终于弄到了一支又轻又小的美国造的卡宾枪，背在自己的肩上。

在炮楼底层的地下室里，背着卡宾枪的李小虎，来来去去地又搜了好一阵，终于发现了胡四胡子直条条地躺在那里，满身血污，死了。胡四胡子的老婆和他的女儿，还抱着个死尸，在歪着脖子哭泣着哩。李小虎又是高兴又是愤恨地大声怒骂道：

"死了一条老狗，号什么丧？"

他用卡宾枪的枪托子，把胡四胡子拨了一下，看看，的确是死挺了。

"嘿嘿！你也有这一天！"对着胡四胡子的死尸，李小虎从内心里发出了胜利的声音。

在战场打扫完毕，队伍回向住地的时候，李小虎一路上跳着笑着，背着支又轻又小的卡宾枪。

王连长一路上夸奖着李小虎：

"你这个小鬼不错！勇敢，有出息！"

同志们在路上，回到住地，一谈到这次战斗，就得要提到"李小虎""小老虎""矮腿虎"或是"没柄手榴弹"。特别是一排的战士讲得有声有色，他们说李小虎背着受了伤的余国才，弓着腰，低着头，两手扭着余国才的屁股，像个燕子似的穿过了三四十米的开阔地。接着屁股一颠一簸地不要命地冲上去。大家的结论是：这个小家伙"胆子大""有种"。二排的同志们说，不是李小虎找到了地下道的后门，解决这批敌人，还得费些事情。二排魏副排长说："要不是李小虎懂得这个门路，我看，除了火攻没有别的好办法。"二排长不同意地说："用火攻？说不定，还会给敌人撬开地下道的后门逃掉。"

李小虎得意地背了支卡宾枪回来，左弄弄，右摸摸，从战斗班里又搞来一点生发油，从破夹袄上扯下了一块碎布，在枪身上擦来擦去，擦得鲜光明亮的。他左摸摸，右看看；右看看，左摸摸，真够漂亮！他咧开嘴来笑了！

王连长怕扫了他的兴头，没有马上要他把这支枪交上来，反正他不会放，也没有子弹。他打算等一会儿再要他交。同时，心里也在考虑：余国才负了伤，是不是就要李小虎补上名字当通讯员。

上士秦和，从外面回来，看到李小虎在喀喳喀喳地拉着卡宾枪的机柄，睁大眼睛惊讶地说道：

"你这个卡宾枪是哪里来的？"

"我缴来的！"李小虎骄傲地说。

"有子弹没有？"秦和问道，"给我看看！"

秦和从李小虎手里拿过了亮闪闪的卡宾枪，拉了一下枪机，看看，没有子弹。

"你要这个干什么？我们提粮买菜，不上火线，用不着。"秦和把卡宾枪放到自己睡觉的床铺上去，说，"等会儿交到连部去吧，人民解放军三大纪律里有一条：一切缴获要交公。"

李小虎看到秦和不准备把卡宾枪还给他，心里发急了，便走过去伸着手要把它拿回来，秦和挡住了他，说道：

"先放在我这里。等会儿，报告连长，他说给你，我就给你！"

李小虎急得两只脚只是乱蹦。

李小虎一直为着没有列上名字，没有枪，也没有胸章符号盘着心思，难过，不安。这一回，弄到了一支枪，上士又把它拿了去，这使他的眼泪怎么也忍禁不住地流了下来。

他遇到有困难有心思的时候，便去找余国才。现在余国才负了伤，刚才去问过，说已经送到营部休养去了。

他想了想，从火线上背着这支枪下来，连长是看到的，连长曾经拿过去拉了一下机柄看了看，还给了他，没有叫他交上去。"想必就算给了我了。"他自己这样判断着。秦上士为什么又把这支枪拿了去要上交呢？他认为秦上士不该把他的枪拿去。于是，他愤愤不懑地走到连部，正要开口，王连长见他苦着脸，空着手，知道出了什么事情，问他道：

"你淌了眼泪吧？谁把你的枪拿去了？"

"秦上士。"他抱怨着。

"你去把秦上士喊来，要他把枪也拿来！"

李小虎听了王连长的话，匆匆地飞起两腿，跑去把秦上士喊了来。

王连长从秦上士的手里，拿过那支被李小虎擦得发着亮光的卡宾枪来，微笑着说道：

"这支枪放在我这里。"

"你看，我说的不错吧！"秦上士对李小虎说，"跟我回去，买菜做饭吃吧！"

李小虎站立着没有动，不肯跟他回去。

王连长要秦和先回去，秦和走了。

李小虎两只眼睛直瞪着那支卡宾枪望着，沉默了一会儿，他带着哭泣的声音说道：

"不给我啦？"

王连长笑了笑，安慰着说：

"隔两天，我重给你一支。这种枪你不会用。"

"真的？"李小虎大声地问。

"真的！我不会骗你。"王连长说。

李小虎悬着的心，安定了一大半，他心情喜悦地出了连部，回到住处，和秦上士出去买菜了。

他等候着连长重给他一支枪的一天到来了。

战斗胜利以后第三天，在新区独立行动的第三营和团部会合了，从团部领来了新制成的冬季服装。

早晨，八连的队伍，一律着上了新的棉服装，排成两路横队，在寒风飒飒中，精神抖擞地站立着。李小虎还是站在队列的末尾，他和大家一样，穿着新的棉服装，也有了新的棉军帽了。可是，手里还是没有枪，胸前还是没有佩带胸章符号。他还不知道营部已经批准了八连的报告，同意把他补为正式列兵，代替余国才任连部通讯员的事。

王连长和张指导员来了。

值星排长喊了"立正",向连首长报告了人数之后,连长从文书手里接过了花名册,点着名。

"有!""有!"

一声接着一声地响亮地回答着。

点到最后,连长喊着:

"李虎!"

李小虎和每回一样,没有指望连长点到他的名。他听到今天连长点叫的最后一个名字,好像是点名叫他,可是听起来是两个字音,想答应又没有敢答应。

连长讲话了:

"李小虎!替你改个名字叫李虎,把'小'字去掉!"

李小虎听清楚了,站在他旁边的陈东林用拳头抵了他一下,要他注意连长的说话。

"李虎!"王连长大声地点着他的名字。

"有!"李小虎学着别人的样,把做着稍息姿势的左脚,收了回去,立正着洪亮地答应了一声。

"从今天起,李虎列入我们八连的队列,作为建制兵,在连部任通讯员。原来的通讯员余国才同志光荣负伤,伤愈以后,另外分配工作。"

连长正式在队前宣布了,全体干部和战士热烈地鼓着掌。

接着,王连长从站在背后的文书手里,拿过来一支崭新的小马枪,喊着:

"通讯员李虎领受武器!"

站在李小虎身边的陈东林,又抵了李小虎一下,李小虎迈开了脚步，又跑又跳地奔到王连长的面前，他立正行着举手礼，颤抖着声音喊着"报告"！王连长还礼的手还没有放下，他便双手上去接过那支比余国才用的一支还要新一些的小马枪来，然后又向连长行了持枪敬礼，向后转跑步，回到原来的位置上。

接着，张指导员上来讲话。

张指导员讲了一阵话以后发问道：

"李虎！枪是做什么用的？"

"打敌人的！"李小虎回答着。

"谁是我们的敌人？"

他稍稍愣了一下，大声应答道：

"蒋介石！反动派！"

"我们是什么军队？"

"我们是人民军队！共产党领导的！毛主席、朱总司令领导的！"

张指导员觉得李小虎接受了平时的教育，回答得好，很有力量。答问完了之后，张指导员大声地向全连的人员发问道：

"李虎回答得对不对？"

全体人员齐声洪亮地回答道：

"对——！"

散了队，全体人员闹闹哄哄的，挤成了一团，把李小虎围了起来。接着，就把他抬了起来，抬到人头上去。炊事班长孙长有、炊事员陈东林、老顾他们把他抬得最高，也抬得最起劲。李小虎感受到一种从来没有过的骄傲与光荣，他的心房激烈地跳动着，浑身发热，头脑子好像磨盘似的打着旋转。他叫喊着要下来，可是下不来。这几个人抬了一阵，另外几个人接上去抬。他不是矮小的人了，他高到比所有

的人都高了。他高兴得激动得流了眼泪,他高兴得激动得笑了,他高兴得激动得高高地举起了手里雪亮的小马枪。

十一月的天,胜利以后的冬天的早晨,橙红色的太阳光,照耀着田野、村庄,照耀着战士们的健康的愉快的脸,照耀着曾经遭受过苦难,现在是那么倔强勇敢的新战士——李虎的健康愉快的脸,照耀着被他高高举起的明光雪亮的小马枪。

一九五三年七月
一九八一年三月九日校改

# 首战

## ——纪念抗日战争胜利二十周年

### 一

这一九三八年江南的初秋，春天似的，简直是一幅彩色画片，美妙得很。树木郁郁葱葱，稻禾一片金黄，田岸上、小溪边，不知名的小红花、小黄花迎风吐艳，青青紫紫的茅山，傲然地挺立在广漠的原野上，显得威严、壮丽。

茅山脚下有个三十来户的村子，叫凤凰树。住在凤凰树的部队是新四军某团第一连。一连一班班长李俊，跟许多从江西大青山下来的红军战士初到这里一样，觉得这个天下闻名的江南，赶不上他们的家乡好。现在，跟老百姓熟了，话也慢慢地谈得来了，又见到这一阵天空晴朗，暖洋洋的东南风吹过来，叫人觉得舒服，眼前一片生气勃勃，也就觉得江南可爱了。李俊这个班，开赴江南一个多月以来，一直是这个连的飞机班。他们凡事都走在全连的前头，行军哪怕日行百里，从无一人掉队；进出宣传抗日打鬼子的革命道理，突出地好；上个月到县城附近执行打汉奸黑狗队的战斗任务，也很出色，除去捉了八个黑狗、缴了四条短枪之外，还把黑狗队抢来的一条大黄牛送还了原主，博得了那里的群众满口称赞，说："新四军真是爱国又爱民，到底人家是老红军。"新秋送爽，李俊这个班正像蓬勃生长的万物一般，显示出一种青春泼辣的气概。上政治课、上文化课、上操、练武、打野外、唱歌，他们都很活跃。同志们都说，一班是全好班，十二个人一股劲、一条心，团结得就好像一个人一样。大家一提到一班这样好那样好，总是落不下班长李俊。连队里流传着这么一种说法："李俊李俊，人俊心俊。"李俊的确生得俊，圆圆的脸蛋，高高的鼻梁，笑的时候，腮帮上还漾出两个小酒窝，两只眼珠子黑晶晶的，奕奕有神，结结实实的中上身材，不肥也不瘦。村里的人，不论男女老少，在短短的时间里，就都认得他，并且常常夸他。几乎人人都感觉得到，在二十岁的班长李俊身上，有一股用不完的力量和聪明智慧。李俊的心俊，一是政治思想好，十八岁就入了党，处处听党的话，服从上级命令听指挥，不管是什么艰苦的任务，从来不讨价还价。还有，他对班上和全连的同志都是诚诚恳恳，讲友爱团结，总是吃苦在前，尽心尽力地帮助人。长途行军，炊事班同志的担子重，他常常去抢过来，替他们挑，一上肩就是二三十里不歇。连长、指导员常常讲红军的特色，对敌人像老虎，对同志对群众像老绵羊，李俊就是这个样子。李俊的心俊，还俊在他会用心，肯动脑筋，凡事他都要三想四想，想妥了再干；想不通，就去找人商量。同志们曾经问过他："你这大的年纪，怎么学会用心思、动脑筋的？"他说是在他入党的时候，他的入党介绍人村上老支部书记曾对他说过：当个共产党员不是为的自己得到什么好处，而是为了让劳苦大众得解放，要想把打倒反动派、人民坐天下的大事干好，就得遇事左思右想，不能马马虎虎，莽里莽撞。他又说，自从他照老支书的话这样先想后做，做了又想，想了再做，的确在工作上少出了好多差错。

　　李俊开动脑筋思考问题，是惯常的事。这一阵，从队伍打茅山南脚进驻这茅山北脚的凤凰树以来，他的脑筋动得特别厉害，有时候，脑子里简直像开锅粥似的，翻腾腾的。他想问题，当然不是像读书人那样，一有点事情，就愁眉不展，脑门上簇起一把皱纹，睡不好觉，吃不下饭。他当过大地主家里放牛的小长工，到红军里才学得一点文化，认得六七百个字。他平常跟别人一样学习、工作、练瞄准、练打手榴弹等，只是在学习和工作的空档子里，才去想想问题。这一阵，在他脑子里翻腾的，是些什么问题呢？

　　凤凰树东半村十家九家是瓦屋，看上去，一片白墙黑瓦，那是大地主季孝宗和他家几户亲戚住的。西半村全是草屋，看上去，一片灰糊糊，那是季家的租佃户和一些中农贫农住的。东半村、西半村分明是两个世界，一富一穷；一边剥削人，一边被人剥削。李俊的班住在西半村一个贫农家里。这户贫农姓丁，儿子叫丁有成，排行第三，人们叫他丁老三，这年他是三十岁，还没有找到个老婆；妈妈六十岁了，人们称她丁妈妈，头发花白了，却还健壮。母子俩种着一亩二分自田和季孝宗家的二亩半租田，糊口度日。前几日，就是一连住到村子里来的第三天下午，丁妈妈到村东头小店里去买针线，季孝宗在店门口向她打听住在她家的是几个人，几支枪，平常尽谈些什么。丁妈妈也就照实说，人有十来个，枪，个个有，还有手榴弹，谈的说的，无非是抗日打鬼子的事。"打鬼子！那么好打！连多少万中央军，有飞机，有大炮，都站不住，山壳壳里出来的破破烂烂的游击队能怎么样？来到江南一两个月，谁见过他们打鬼子？……告诉你们家里的儿女，不要跟在他们屁股后头转，他们不行！你们目不识丁，无知无识，没有见过世面，不懂得弱肉强食、天下兴亡之事……"季孝宗见到店里店外有那么七八十来个人，倚仗自己是法政大学毕业的，见过世面，就打开了话匣子。丁妈妈对他说的，有的听得懂，有的只能领会到三两分，总的意思她却明白，这位季大老爷不喜欢新四军，也瞧不起新四军，认为新四军打不了日本鬼子。她满心生气，一回来，就原原本本地告诉了班长李俊。李俊寻思地主老爷本是喝人血的剥削阶级，不喜欢红军、新四军倒也不奇怪，但他竟然把日本鬼子说得那样打不得，碰不了，那样挖苦红军、新四军，确实叫人生气。于是，他在当晚就去向何指导员汇报，并且问指导员："什么时候出动打鬼子？"指导员没有回答，转口问他："你发急了？""不是发急，听了那些话，我气不过！"他说。"不要气，鬼子，我们是要打的。现在的任务是加油练本事。"看指导员的神色，听指导员的话音，觉得还跟平常一样。李俊回到住处，见班里人有的已经在粗气呼呼地打响鼾，便把两个肚皮露在外头的战士身上的毯子盖好，他也就睡了。

他睡得正甜，指导员叫通讯员来，把丁妈妈的儿子丁老三喊了去。在丁老三回来，换了件衣服，挎个小竹篮子又转身出去的时候，他醒了。见天还没有亮，丁老三急急忙忙地朝外走，他便跳起来追上去，在门外喊住丁老三，轻声地问："到哪里去？"

"何指导员叫我去，有事情。"丁老三神秘地说。

"到哪里去？"话刚出口，他觉得这是不该自己知道的事，便推推丁老三，说，"那你就快去吧！"

丁老三走了，东方透了亮，他也就没有再回到地铺上去。

他心里有点数，丁老三有个表姊，住在铁路边的一个小市镇上，那个小市镇上住有日本鬼子，平时听丁老三和丁妈妈说过。当过几年红军又是有心眼的李俊，当然能够估计到七分八分，那是派丁老三

去侦察敌情的。一下山,大家都天天议论打日本鬼子的事,主力红军早在四年前不就是为的抗日打鬼子,进行了二万五千里长征的吗?可是,下山几个月了,还不曾见到日本鬼子是什么样的货色,也摸不透到底日本鬼子有一手什么样的本事,大家都急呼呼地想早点显显身手。现在,他有了战斗就要到来的预感,心里真是喜欢。事有凑巧,他在早饭后,去东半村上过文化课,回来经过季孝宗门前的时候,迎面碰见季孝宗,对他语带讥刺地说:"那不是老红军吗?"

"是呀!怎么样?"李俊仿佛早有准备,也是那么凉溜溜地回了他一句。

这是地主大老爷没有料到的,一个小小的班长竟然枪对枪刀对刀地同他说话。他那瘦长脸上的肌肉止不住地抖了几下。在李俊走下去好几步的时候,他才又甩出那么一句:

"什么时候去打鬼子,缴两挺机关枪来看看!"

"等着,有你看的!"李俊立定下来,回过头来扬扬膀臂说。

季孝宗冷笑了一声,转身朝屋里走。他竟然忘了自家的门槛高,差点儿绊了一跤。

班长李俊却像是打了个小胜仗似的,一路哼唱着歌子,脚底生风地走向西半村去。

## 二

几天过后,吃了晚饭,李俊正同班里的战士在场上练手榴弹,大家挨个儿把榴弹形的木棒朝高悬在大杨树梢上稻草扎成的圆圈子里掷。新战士林松悄悄地走到他的身边,凑到他耳朵边上说:

　　"班长！要行动了！"

　　"你怎么知道？"李俊问他。

　　"炊事房闹嚷嚷的，做干粮。"

　　"不要乱传，练榴弹去！"

　　林松十八岁，身材胖胖的，大家叫他小皮球，是个机灵鬼。见到炊事房忙着做干粮，只晓得要行动，但究竟是长途行军，是移营，还是打仗，他却弄不清楚。李俊则在心里断定，马上要去执行打鬼子的任务。丁老三今天早晨回来了。他中午到连部去，知道何指导员同丁老三两个一道出去侦察了敌情，而且见到何指导员同王连长一道急急匆匆地到营部去了。很明显，战斗是摆在眼前了。他是个老战士，知道军队的行动要严守机密，在上级的命令未下达之前，不能露出一点声色。常听连长、指导员讲，这是敌人后方，又是新区，情况复杂，行动绝对不能走漏消息。于是，他若无其事地同大家一齐掷手榴弹。他今天的成绩特别好，一连掷了三次，三次都掷进了圆圈子。小皮球带头高声大叫："班长连中三元！"大家掷得都不错，连小皮球林松也三次中了两次。大家正练得起劲，林松眼尖，突然指着村南路上对大家说："刘政委来了！"大家眼睛一转，果然是团政治委员刘培善朝凤凰树走来。跟着，就见到站在村头上的王连长、何指导员迎了上去。这个一连，刘政委是最熟悉的，在红军时代一连刚建立的时候，他就是第一任连长兼指导员。李俊，他更是起根梢就熟悉。李俊参加红军，还是李俊的娘当面把李俊交给他的。她说："培善，你就把俊子当你的小兄弟吧！"那时，李俊十七，他也才二十，只比李俊大三岁；比个子，他也比李俊高半头，看上去，真像是兄弟俩。李俊参军后，就一直在他的身边，先当连部通讯员，后到班里当战士；两年过后，他先到营里，后到团部去工作，也还是少则三两天多则五七日就到一连来一趟，有时候，还要住上一宿两宿，而一住就住到李俊所在的班里，跟李俊并排睡通铺。今天，刘政委又来了，本来大家并不觉得稀罕，只是觉得刘政委跟前几次到连里来的样子变了，李俊甚至在相隔百十来步的时候，就看出来了：他平日挂在腰眼里的手枪，变成了拖着一根红穗子的驳壳枪；编成新四军之后干部穿的胶底力士鞋，变成了尖角翘翘的麻线草鞋；而且后面还跟着个会说日本话的敌工干事。所以当他一到跟前，大家就在心里作出了判断——团政委今天要亲自同一连一道出发打仗。

团政委刘培善站在人群当中，伸开他那两条颀长的臂膀，搭在靠近的几个战士的肩膀上，要笑不笑地向大家问道：

"干什么？对我来了个猛打猛冲大包围呀？"

说着，大家和他自己一齐哄笑起来。

他瞅见村外二连三连的队伍正朝凤凰树这边开来，便吩咐连长王鹏去集合队伍。这时，刘培善看看还有一点时间，便拉住李俊，问道：

"班里怎么样？"

"一个个摩拳擦掌，都想打鬼子。"李俊回答说。

"想打鬼子，很好！可要晓得鬼子不是好打的！"刘培善拍着李俊的肩头说。

李俊一时悟不透，怎么团政委也这样说呢？刘培善接下去说：

"像季孝宗那样的地主，还有国民党、蒋介石，他们怕日本鬼子就像老鼠怕猫，说鬼子打不得，打不赢，都是道地的奴才坏子。我们是共产党的队伍，天不怕，地不怕，还怕什么鬼子？可真的到了战场上，两军对阵，交起手来，还得要拿出本事、办法来消灭敌人。要晓得日本法西斯确实比国民党要难打一点，绝不能把日本鬼子当作一碰就烂的豆腐。这个道理，懂吗？"

这些话也是团政委今儿准备对全营指挥员战斗员讲的。他最担心的是部队当前的思想情况：由于战术上对敌人重视不够，可能会把日本鬼子当汉奸黑狗队打，这样势必影响到这次战斗的胜利。据指导员何凯反映，李俊求战心切，这是好的，但又怕他一旦遇到从来不曾遇到过的强敌，在战场上吃苦头，打不好仗。特别是一连已经决定，叫一排担任主攻任务，而李俊的班又是一排的主力班，他就觉得更有先对李俊说说这个道理的必要。李俊听了这番话，心里亮堂了：原来季孝宗这号人是怕鬼子，害恐日病、软骨病，他们自己吓破了胆，还用来吓唬人。这和团政委的说法根本是不一样的。"是呀！打仗不能轻敌，一轻敌就要吃亏。"他联想起去年二月里，在闽西雁翅山同反动派保安团的一次战斗，正是由于自己轻敌，结果，他的班把已经抢占到手的一个小山头，在一个钟头以后，又让敌人夺了回去。后来由于邻班的支援，才歼灭了敌人，重新把小山头拿了下来。

"你班里那四个新战士怎么样？"刘培善接着问他。

"很好，林松进步快，有心眼子。"李俊回答说。

"没打过仗，要在战场上带住他们，不能只顾自己。"

"这个，我们班里商量过，谁带谁都分了工，演习的时候，就是那样做的。到任务下来，再好好安排一下。"

"没有病号？"

"没有。"

刘培善对这个小兄弟还想多谈几句，只因队伍集合了，会后就要出动，他便亲热地搂了一下李俊的肩膀，说："去吧！这一次，再考考

你们的本事怎么样。"李俊回头笑了笑，飞步跑向会场上去。

　　会场是季孝宗家五间通连的大仓房，平时觉得房子挺宽敞，今天，一个营四百来人朝里头一挤，却显得十分狭小。屋子里挤得满满的，加上三个连轮番唱歌，喊啦啦的声音，不断地回旋震荡，就叫人觉得气势很壮，气氛热烈。这是个战前动员大会，当身背驳壳枪、脚穿草鞋的团政治委员刘培善进入会场，朝人群和小树林似的枪杆中间一站，大家就顿时静了下来，屏住呼吸，像上了战场、投入了战斗一般，又紧张又振奋，一个个注视着他，等候着他的命令。刘培善见全场已经肃静下来，便放开清亮的嗓子说：

　　"现在，我向同志们宣布一道命令，那就是要你们在今天夜里出

动,执行一项光荣的战斗任务——拿下日本强盗的一个据点,消灭一股日本强盗!"

　　他的话音刚落,全场立刻活跃起来,这边说"我们担任主攻!",那头说"我们打冲锋!",纷纷要求担任最艰巨的任务。有的在猜测,打什么地方;也有的在表示愿望,拍拍手里打了补钉的枪杆子,说:"这一回,好换支新的了!"或是说:"倒是要试试小日本到底有些什么解数。"李俊则一声不响,一心等待着刘政委下面还要说些什么。

　　"能不能完成?"刘政委目光炯炯,环视全场。

　　"能完成!"大家一条腔地响亮回答。

　　"消灭敌人,就是不许敌人逃掉一个,要全部、干净、彻底把他们吃掉!这是我们红军的战斗传统。同志们!做得到做不到?"

"做得到！"全场又轰响起洪亮的声音。

"消灭法西斯强盗！""不许鬼子跑掉一个！""把他们全部吃掉！"……场上的口号声，像浪涛滚滚一般，差不多把屋顶都掀翻了。一连喊得最响亮。连长、指导员带着喊，李俊、林松也带着喊，一个个喊得脸蛋涨得通红。

刘培善打了个手势，要大家的口号声停下来。

接着，他打了个比方说，唐朝有十三太保，我们今天夜里要去打的日本鬼子，不多不少正是十三个，他要求大家把这十三个鬼子当作武艺高强的十三太保猛打狠打，千万不能轻敌。同时，他一再强调，这是他们这个团开到江南打日本鬼子的头一仗，一定要旗开得胜，马到成功。这番话讲得几百个人热血沸腾，拳头都攥得紧紧的。然后，他又大声问了一句："枪擦好没有？"全场又是一条腔响亮地回答："擦好了！"最后，他挥动着顾长的胳膊说道："那就立刻准备出发，打好头一仗！"

## 三

这头一仗的攻击目标，是驻有日军一个小队的铁虎塘。这铁虎塘是个有四十来户人家的小市镇，位置在高村、夏店之间的沪宁线北面二里半路的地方。因为它是铁路、长江两大交通要道之间的一个支撑点，又是鬼子驻有重兵的镇江外围的一颗小卫星，日军便把这里作为哨所安下了据点。这沪宁线两侧的长江三角洲，是敌占区，而铁虎塘又是敌人后方的心腹地。一连指导员何凯带着贫农抗日积极分子丁老三进行了连续三天的化装侦察，查明驻在铁虎塘一个小队鬼子的,是十二个兵,一个小队长。他们来到铁虎塘才一个半月。铁虎塘有爿小茶馆,店主是个三十来岁的寡妇,姓文,人家叫她文四姐,人很直爽,又有骨气。听她说,鬼子来的头十天,押着民夫筑碉堡,太阳出了来,太阳不落回镇江,来回都乘的大卡车;第二个十天,仅在白天出来走走,到鸡上窝,就关进碉堡里。文四姐说:"看他们那个鬼样子,就好比死了娘老子,闷在棺材旁边看灵守孝,大门不出,二门不迈。"到第三个十天,他们就变得青面獠牙了,白天出来见什么抢什么,连毛带骨头不到四两重的小鸡也抓了去,放到柴火上烧烧燎燎,就揣到肚子里去。夜晚也出来浪荡,直到二更天才缩进乌龟壳。这半个月,更邪乎,见到女人就伸手动脚,像发了疯。有时候,直到鸡叫,还死蹲在小店里浪吃浪喝,醉了还要摔酒壶、掼酒杯、拍桌子、打板凳。店里才十四岁的小学徒平白无故地给小队长田中义一刺刀戳死了。这些情况都是实在的,住在小街西头丁老三的表姊也这么说。他们来侦察的第二天夜晚,就亲眼看见过两个放流动哨的鬼子,在文四姐茶馆里闹到夜深还不走。碉堡在西市梢,两层,砖头砌的,四边都有枪眼,南北两边枪眼旁边各有一个尺半见方的窗子。武器配备是一挺轻机关枪,一个掷弹筒,八支带刺刀的三八式步枪。

为了争取首战胜利,亲自出马的团政委刘培善,同营、连干部根据敌情和地形等条件,研究确定,先消灭在市街上放流动哨的两个鬼子,占领市镇,然后围攻碉堡,全歼敌人。要求在拂晓之前解决战斗,返回凤凰树。这一天是九月九日,正好是旧历七月半,由丁老三带路,出征的队伍顶着皎皎的月光,经过三个钟头的急行军,走了四十里,穿过铁路,在铁虎塘南两里来路的黄牛墩,吃了干粮,各个班、排进行了战斗前最后一次的人员、武器、弹药检查,交代了任务,并进一步作

了短促的政治动员，便飞步前进，分头进到规定的战斗位置，在九月十日两点零五分，开始了战斗。

明月早已落地，却还有点朦胧的亮光。担任先锋突击任务的李俊班三个战斗小组，由指导员何凯率领，像猫上树似的，轻悄悄地一口气奔到铁虎塘市街背后的一条小巷，稍稍停了一下，平平气。班长李俊默点一下，见所有的战士都到了，便照指导员何凯的吩咐，兵分两路，到东头文四姐茶馆门前和相隔六七户人家的小酒店旁边。果然不错，正有两个鬼子在茶馆里浪荡。只见一个倒在桌子上，嘴里吐白沫子，像快死了似的；一个在摇头晃脑地哼不成个调子。这几天心里有数的文四姐却耳尖眼快，见到门口有了动静，晓得要开火了，便一闪身跳进房里，让开了枪路。就在这一刹那，通在门口墙边的李俊猫着身子，瞄准对象，打响了头一枪，那个倒在桌子上的鬼子顿时应声倒在地上。在一旁哼小调儿的那个鬼子，梦还没有醒，紧跟着，第二枪又响了。打这一枪的是新兵小皮球林松，他在扣扳机的时候，臂膀稍稍抖动了一下，桌上一把紫砂茶壶被打得粉碎，而那个哼小调的鬼子，却一下子清醒过来，夺门狂奔，边跑边胡乱打枪，嘴里还哇哇地叫喊什么。李俊、林松立即跟上前去，朝他屁股后头猛打，一直扑到碉堡跟前，因为碉堡里的敌人射来一阵密集的枪弹，他们在墙根掩蔽了一下，使得这个鬼子竟然跑得不见踪影了。这时后续部队也都围上来了。于是，叭！叭！……咯！咯！咯！……轰！轰！……一场激烈的战斗展开了，弹火闪烁，枪花跳跃，铁虎塘浸没在硝烟战火之中。

当李俊伏在碉堡底下的水塘旁边，老战士俞洪背着从茶馆里缴获的步枪和装满子弹的皮带盒也赶到了。紧靠在他身边的林松瞥见缴获的这支带刺刀的三八步枪，正想伸手接过来看看，却又立刻把手缩了回来，在一旁自怨自艾地说："糟糕！只隔上丈把远，没打中，给那个鬼子跑掉了！"

"不要懊恼！漏出筛子漏不出箩！"李俊边说边拉拉林松，叫他卧倒在自己身边。

龟缩在碉堡里的十一个鬼子，陷在我们部队的团团包围中。先还隐隐约约地听到里头打电话大喊大叫："喂！喂！铁虎塘！"没料到电话线早在枪未打响之前，就被我们的先头部队铰断了。这一阵，鬼子怕救兵不来，弹药打光，就只是一枪两枪的，好像里头的人都死得差不多了。

连长王鹏按照预定计划，叫攻击队伍三面猛攻，集中用榴弹朝碉堡顶上扔，朝窗口里掷，把靠门那一面的队伍闪到一边，诱使敌人从碉堡里出来，以便一举歼灭。鬼子真诡，他们靠砖墙护身，泡时间，等援兵，高低不出来。好几个榴弹在碉堡顶上炸响了，紫红色的火光腾空而起，跟着是敌人一阵哇啦哇啦的叫声。但一会儿，又死沉沉地不见动静了。刘培善从设在文四姐茶馆里的指挥所，派敌工干事到阵地前沿，带着战士们用日语喊话："缴枪不杀！""优待俘虏！""工农弟兄，不要替日本军阀卖命！"……喊了一阵，里头不仅没有反响，反而有时还往外打几声冷枪。一班战士平均每个人朝碉堡窗口掷了三个榴弹，却偏偏没有一个掷中。连平时练习成绩最好的班长李俊，也是一样。"怎么搞的？操场上满堂红，战场上满堂空！"他的脑门上只是不住冒汗，手里的榴弹柄像在水里捞起来似的，又湿又滑。当一阵江风吹来，他觉得一阵凉爽的时候，脑子里火花一闪，突然悟出一个道理来，原来掷弹不准是因为汗多手滑不得力。于是，他拉下挂在脖子上早就被汗水湿透的毛巾，用力拧了又拧，揩去手上和榴弹柄上

的汗水，再把手掌在衣服上揩揩，在泥土上擦擦，这样榴弹柄就抓得紧把得实了。他正要朝碉堡窗口投掷，才发觉自己站的步位离碉堡过近，角度过小，于是，他移动脚步，站到一个小土堆子后边去。他正要举臂，从碉堡窗口旁边的枪眼里叭一声向他射来一颗子弹。不料，同俞洪一道到茶馆里去搜索的那个新战士，刚好从土堆前面走过，恰恰中了敌人的射击，肩膀上负了伤，倒在地上。李俊见到自己的战友负了伤，心头顿时燃起一股仇恨的怒火，他让俞洪赶紧把伤号背下去以后，便再把手掌在地面上擦擦，重新抓住榴弹柄，狠狠地咬住牙根，举起他那长大有力的臂膀，把榴弹向那个黑洞洞的窗口掷去。"轰——！"他成功了！榴弹钻进了碉堡窗口，爆起一声巨响，闪起一阵火光，跟着是碉堡里哇哇的一阵号叫声。在一旁看得十分清楚的林松高兴得几乎要跳了起来，只是因为李俊一再关照他不要作声，又见到那个战士刚才在他面前中了敌人的枪弹，才没有拍手叫好！李俊正想再投掷一个，连部通讯员跑来喊他，要他立刻到刘政委的指挥所去。他便把阵地上的事情交托给副班长，抓着那颗榴弹，跟着通讯员到茶馆里去。

时光快四点了，到拂晓还有两个小时光景。刘培善观察了战斗的情景，一颗榴弹在敌人碉堡里爆炸，他也看到了，只是还不晓得是哪个班排哪个人投掷进去的。他认定敌人是可以消灭的，拂晓以前解决战斗也并不难。问题是怎样打开这个敌人死守的碉堡，攻不进去，是不能最后消灭敌人、解决战斗的。调虎离山的办法是无效的了。他提出了原先想到的一个办法，同王鹏、何凯他们商量过，他们觉得可以用，为了吸取班排干部的意见，同时，再作一次短促的思想动员，他便把班排以上的干部找了来，开一个阵前会议。他用极其简单明了的语言,把战斗情况分析过后,便向大家连声问道:"能不能就这样中途撤出战斗?这头一仗,能不能只打死一个鬼子,缴了一条枪,算了?"

大家你一言我一语气狠狠地说:

"不消灭敌人不下火线!"

"拼光了,也要把这几个鬼子拼掉!"

小茶馆里的气氛突然紧张起来,连茶馆店的文四姐,也逼在房门口,绷紧了脸,睁大两只黑溜溜的眼睛,看看刘培善,又看看屋子里每个人的脸色。

"硬拼不行!用身体是拼不开砖头碉堡的!"

刘培善的话音刚落,站在墙角上的李俊走前一步,亮亮手榴弹说:

"还是靠手榴弹!"

"怎么靠法?"刘培善问他。

"集中三五十个榴弹,绑到一起,在碉堡脚底下挖坑,把榴弹埋下去,炸!"

"就怕墙厚……"靠在李俊身边的一个班长说。

"我看,行!墙不怎么厚,炸得开!甚至多弄它几捆,多挖几个坑,一齐炸!"一时议论纷纷,都说这个办法好。茶馆店的文四姐懂得这是军机大事,她不能插嘴,但她也有赞成这个办法的表示:先给刘政委面前的茶杯斟满了热茶,然后又倒了两杯,轻脚快步地一杯送给指导员,一杯送给李俊。

这时候,房里的一只老座钟,敲了四响。刘培善看看手表,笑笑说:

"她这个老爷钟,好打瞌睡,现在是四点二十分了。"他站起身来,接着说,

"没有意见,就这样办!"

大家听了，起脚就走，他又止住他们，把他前番和王鹏、何凯商量过的办法，拿了出来，说：

"我再加上一个办法，弄它几堆稻草、木柴，堆到碉堡跟前，浇上火油烧！让烟火朝碉堡里头攻！"

大家一条腔地说：

"就这样干！火烧赤壁！"

"给你们四十分钟准备，五点正，四面开花！八面火烧鬼子兵！"刘培善说完，跟着挥挥手。大家一阵风似的奔了出去。

阵地上一片沉寂，连叭叭的敌人打冷枪的声音也听不见了，只有密密麻麻的星星，在小市镇的上空眨着眼睛。

刘培善手提着红穗子的驳壳枪，站在茶馆对面的一棵大柳树下面，观察敌人的动静。五点差十分的光景，王鹏、何凯刚来报告过，王鹏说稻草、木柴已堆到碉堡跟前，一共八堆，都浇上了火油，一点就着；何凯说四捆集团榴弹，两捆四十个，两捆五十个，是颠倒头扎的，几十根引线用一根长麻绳扎在一起，四个坑都挖好了，只要把长麻绳一拉，就行了。刘培善觉得这两套紧急准备工作做得快而细，就怕动作起来一阵乱哄，便又找来王鹏、何凯，叮嘱他们叫集团榴弹先响一处，三处紧跟；草堆只在上风头烧，下风头的不要烧，哪里炸开缺口，哪里先攻进碉堡里头去。

五点正。全神贯注的刘培善举起了驳壳枪，朝着敌人的碉堡连打了三发子弹。

随着清脆的枪声，战斗的热潮又沸腾起来。首先，李俊那边的集团榴弹，轰然震响，碉堡的南墙炸开了，接着，靠碉堡铁门那边，靠水塘那边的两处也被炸开了，紫红色的烈焰腾空而起，倒塌了的碉堡被浓烈的烟火吞没了。李俊班动作敏捷而又勇猛的三个战斗小组,在敌人慌乱的叫喊声里,跨过洪涛般滚动着的火海,从炸开的缺口,冲进了碉堡,与敌人展开了面对面的肉搏战斗。守在碉堡里的十一个鬼子,有一个在碉堡顶上中了榴弹先送了命;李俊掷到窗口里的那颗榴弹,炸死了两个,炸伤了一个;在集团手榴弹爆炸的时候,鬼子又给崩溃的砖墙压死了两个,震伤了一个;剩下四个顽抗的鬼子当中,有一个是小队长田中义。他特别狡诈、凶狠,当李俊冲到跟前,他从倒塌了的墙壁后头,猛的一刺刀向李俊的腰眼戳过来,李俊眼尖手快,身子一偏,他的刀锋落了空,李俊趁势腿脚一齐使劲,破墙哗啦一声倒下去,压住了他。李俊上去夺枪,哪晓得他有意把枪丢掉,装作死了的样子,当李俊转过身子,他又突然从砖块底下挺起来,打算搂住李俊。本就防他这一着的李俊,看到这个家伙想死不想活,便又是一脚,把他踢得摔倒在地上,李俊不容他喘气,便拾起砖头一连三下砸中他的脑袋,叫他再也爬不起来。另外三个鬼子,被俞洪、林松和副班长那个小组团团围住,经过近身搏斗扭打,最后也被消灭了。

碉堡里的敌人全部解决了,整个歼灭战只用了二十分钟。清点了一下,十三个鬼子还差一个没有下落。李俊想到准是从茶馆里逃出来的那一个。来到碉堡前沿阵地的刘培善看看时间还早,便下令全体人员一齐出动,进行搜索。他斩钉截铁地说:"搜!头一仗,决不让敌人漏掉一个!"

靠近的房屋里搜了,草堆也搜了,小竹园里搜了,街道外头的麦田里、牛车棚子里搜了,碉堡里又搜了,都不曾发现。敌工干事"优待!优待!""不杀!不杀!"的喊话,把喉咙都喊干了,也没有喊出来。正在大家抓耳挠腮、口干舌燥的时候,一个到水塘边捧水喝的战

士,突然大声喊叫起来:"在这里! 鬼子!"

众人一阵风奔向水塘旁边,百十来个人紧紧地把个十来丈见方的深水塘围了起来,连长、指导员两只手电筒的光带,一下子就钉住了那个鬼子。他身子浸在水里,头漂在水面上,伏在有一丛杂草的塘边沿。林松一上眼就叫喊起来:"是他! 就是他!"说着,他就举起枪来,要扣扳机,李俊大喝一声:"林松! 捉活的!"这时候,那个鬼子突然游到深水里去,一头沉下去,又一头浮上来。他想投降,却还有疑惧。敌工干事又来喊话,好些人也跟着。他在水里招招手,朝喊话的敌工干事这边游过来,但当他要到塘边的时候,却又转过头向塘中央游开去,还是不肯上来。

"会水的,下去几个! 把这个家伙拧上来!"

一听团政委的命令,会一手好水的林松,把枪和子弹袋朝李俊手里一扔,军衣一摔,纵身跳了下去,跟着连长王鹏和另外两个战士,也扑通扑通地跳下了水塘,网开四面地向这十三个敌人中的最后一个猛扑过去。

## 四

从文四姐茶馆里逃出来躲在水塘里的这个日本兵,终于在水里就擒,他的名字叫三木端一。那两个负伤的,因出血过多,没有救转来,死了。这样,这铁虎塘据点的十三个鬼子,是十二个被打死,一个被俘,全部彻底被歼灭了。

战斗比刘培善的预计提前了半小时,也就是在拂晓五点半钟圆满地结束了。部队带着枪支、弹药、军毯、日本旗、小铜菩萨和印有"武运长久""长生万福"字样的符布等战利品,押着俘虏兵,满怀胜利的喜悦,同高兴得热泪盈眶的乡亲们挥手告别,返回驻地凤凰树。

脚步多么轻快!紧张的急行军和战斗的疲劳都统统甩到九霄云外去了,所有的指挥员、战斗员们都是那样精神抖擞,生气勃勃。太阳一出千里红,在金光灿烂的阳光里,他们在郁郁葱葱的江南原野上行军。走出十来里路,在树木茂密的桃李村,吃了炊事班预先赶到这里做好了的早饭,立即起步再走,在太阳刚到东南角上的时候,就回到了茅山脚下的凤凰树。

村里的人们早已听到了捷报,纷纷聚到村头上,树顶上也都爬满了孩子。部队还隔着老远,就有人暴起嗓子喊叫起来:

"看鬼子哟!——"

地主老爷季孝宗站在人群边上,半信半疑,冷言冷语地说:

"有望远镜?看仔细没有?大叫大喊!"

队伍在噼噼啪啪的鞭炮声里浩浩荡荡开进了村子,齐集在广场上。人群像洪水泛滥一样,立刻在部队的周围,汇成一个大圆圈。他们争着看俘虏来的日本兵和缴获的机关枪、带刺刀的三八式步枪。

季孝宗戴上眼镜看一阵,取下眼镜又看一阵,他比任何一个人都看得仔细。从那个日本兵头上有颗黄星的小鸭舌军帽,看到胸口的符号、腰里的皮带、脚上的皮鞋,在那个日本兵的脸上也是一看再看,看够了以后,自言自语地说:"唔?还真是日本鬼子!"然后,又向敌工干事打听俘虏兵的名字叫什么。敌工干事对俘虏兵说:"他问你的名字。"心神已经安定下来的俘虏兵抬头看看季孝宗,说:"三木端一。"季孝宗这才戴上金边眼镜,点了点头。

这时候,刘培善走过来,对季孝宗笑着说:

"大学毕业生!看到了吗?"

刘培善前些日子见过季孝宗，认得季孝宗的模样。季孝宗也知道刘培善是团政委，只是两下还不曾当面道名道姓说过话。此时，季孝宗见刘培善站在面前，又高又大，不禁觉得自己突然矮了半截，听了刘培善的问话，一时手脚无措，答非所问地说：

"哪里哪里，不敢不敢！"

不禁要失笑的刘培善抿了抿嘴唇，又一次问他：

"俘虏来的日本兵，你看到了没有？"

"看到了！看到了！真的真的！"

这时候，担任打援保证了一连歼灭铁虎塘敌人的一营营部和二连三连也回来了，待他们把队伍集合好同一连会拢以后，刘培善又用发问的语调开始了他的战后讲话：

"同志们！这一仗打得好不好？"

"好！"

"打得漂亮不漂亮？"

"漂亮！"

对胜利充满着自豪感的声音，在凤凰树村庄的上空震荡，震荡到远处，震荡到茅山山谷里和辽阔的原野上。

刘培善接着说：

"对！这头一仗的确打得好，打得漂亮，但是，不要骄傲！不要以为我们了不起！我们还要进行持久战，消灭更多更多的敌人！直到把日本强盗赶出中国去，获得抗日战争的最后胜利！……有些人瞧不起我们，'连老中央都跑掉了，你们还能敌得过日本鬼子'？由他们说去！我们是中国共产党、毛主席领导的革命队伍！我们要用战斗的胜利回答他们！……我还要再说一句，不要以为我们胜利了就可以翘尾巴！还要继续勤学苦练！进一步团结、依靠人民群众！力争下一仗打得更好更漂亮！"

刘培善的这段话，既是这次战斗活动的尾声，又是新的战斗的前奏。犹如汹涌澎湃的波涛一般，激动着战士们的心，鼓舞着战士们前进再前进。他说完了话，回过头看看，那个大学毕业生地主季孝宗不见了。季孝宗心里有鬼，他早在刘培善讲话中间悄悄地溜走了。

下晚，队伍经过大半天的休息和清洁卫生活动，凤凰树练兵场上比平常更活跃了。新添的一项活动，是班长李俊和小皮球林松各拿一支带刺刀的三八式步枪，在竹林底下练刺杀，连长王鹏在那里指点，许多战士，还有不少村上的男男女女和孩子们围在那里出神地观看。这带刺刀的三八式步枪比自己用的七九步枪要重上两三斤，刺来劈去，劈去刺来，林松累得满头大汗，李俊却还是不肯丢手。这个青年人就是有那股顽强劲儿，干一件事就得干到底，练一项功夫，恨不能一口气练熟练好。铁虎塘碉堡里鬼子小队长田中义对他猛地刺来的那一刹那，在他的脑子里留下深刻的印象，朝碉堡窗子里一连投掷三个榴弹不中，也迫使他不能不狠下决心苦练功夫。铁虎塘战斗证实了团政委昨天晚上说的，日本鬼子是不好打的，确实比国民党反动派要难对付得多。不好打，也要打；难对付，又必须对付，没有取胜敌人的过硬本领，怎么行呢？团政委的话在他的心里牢牢地扎下了根。"不要以为我们胜利了就可以翘尾巴，还要继续勤学苦练！进一步团结、依靠人民群众！力争下一仗打得更好更漂亮！"刺来劈去，劈去刺来，太阳下山了，还去掷了一阵手榴弹，翻了几次杠子，直到吹哨子点名的时候，他才歇手。

夜里，李俊睡上铺，俞洪他们照例地又打起了响鼾。和他平头睡的小皮球林松却不想睡，凑到他的耳根上，说：

"班长！下一次战斗，我们还在一个战斗组好吗？"

"到时候再说。"他说。

"下一次战斗,我的手一定不抖!"林松发誓般地说。

李俊轻轻地笑笑,拍拍林松的头,说:

"那可难说。头一次上场,慌是难免的。"

"什么时候再打下一仗?"

"我怎么晓得?打下一仗少不了你!睡吧!"

于是,两人翻了翻身,就睡了。

大家都睡了。住在东半村的王鹏、何凯他们也睡了,白天给李俊拉去看鬼子的丁妈妈和这几天一直同部队一起活动的丁老三也睡了。昨夜,他们创造了战斗的胜利,转过来,战斗的胜利又带给他们无限的欢欣,带给他们今夜又香又甜的睡眠。

江南秋夜,昨儿月光皎皎,今儿还是月光皎皎。

一九六五年八月八日于盐城

# 海边

## 一

民兵小队长王老海，跟队员张二桅杆、刘小马三个，押着罪犯曹黑四，在海堤下面的青纱帐里，朝大队部住的海阳村奔走。

曹黑四全身五花大绑，两手扎在背后。王老海走在前面，牵着一根绳头，怕曹黑四逃跑，滑了绳头，特地把绳子绕在自己的膀子上。他一手牵住绳子，一手拿着一颗榴弹。那把七寸小插刀，在黑暗里发着亮光，刀柄上系着块红布，斜插在腰眼里。张二桅杆和刘小马紧跟在曹黑四的背后，张二桅杆比刘小马要高出一头，他们的装扮却一式一样：左腰眼挂着条毛巾，右腰眼插着个手榴弹，亮晃晃的小插刀拿在手里。跟王老海不一样的是，张二桅杆的刀柄上，用绿羊毛线扎得紧紧密密，抓在手里把式得很。刘小马的刀柄上，则系着一块光滑滑的红绸子。

曹黑四从前抽鸦片，后来吸白粉，常常带日本鬼子下来烧、杀。老老小小都说他坏透了骨，黑透了心。区队、民兵早想捉他，没有得手，这一回，他落了网，给王老海、张二桅杆、刘小马在敌人据点边上捉住了。他跌跌撞撞地跟着王老海走，王老海快腿大步，他也快腿大步，王老海跳沟过水,他也跳沟过水。两只脚上的鞋袜,不知在什么时候脱落掉了。海边的地上,蚌壳、蛤蜊壳、碎石块多,弄得他走起路来,脚板不敢着地,像蚂蚱跳似的。

"歇一歇吧! 王队长!"曹黑四喘息着说。

王老海没有听到,穿过一块玉米田,又走过一片高粱地,只顾向前赶路。

"行行好,大队长! 放慢一点吧!"曹黑四哭泣似的哀求着。

王老海抖抖手里的绳子,瞪了曹黑四一眼,说:

"我是什么大队长? 少废话!"

"我实在走不动了!"曹黑四赖在地上,唉声叹气地说。

张二桅杆大声地吆喝道:"走不动也得走!"

"带鬼子下来烧房子、杀人、抓鸡、牵牛,怎么走得动的?"刘小马接着说,在曹黑四的屁股上踢了一脚。

曹黑四还是赖着不动,王老海用力地抖着绳子。曹黑四两手紧抓住绳子,说:

"那是他们逼着我带的呀! 我什么坏事也没有沾过手呀!"

在里把路远的地方,突然响起榴弹爆炸的声音,接着在海边九门闸据点边上,出现了火光。

曹黑四越发不肯走了,像死了似的躺在地上。

张二桅杆吼叫道:

"你走不走?"

曹黑四像没有听到似的,又仿佛真的断了气,紧紧地闭上两只鼠眼,不回答张二桅杆的话。

王老海也有点累了,坐在路边上。

"许是走不动了。"他把张二桄杆拉到身边,凑到张二桄杆的耳边说。

"这个鬼家伙! 反穿皮袄,装羊!"张二桄杆说。

曹黑四突又还过魂来,赶紧地说:

"我真的走不动呀! 我腿疼呀! 心疼呀! 有痨病啦!"

曹黑四的声音越来越大,颤抖着嗓子,带着哭音,像喊救命似的。

"叫什么? 不许你大声叫!"王老海又抖抖绳子说。

这时候,又有手榴弹的响声传来,曹黑四认为王老海他们心里恐慌。"也许九门闸的东洋兵出来救我了!"他想到这个,就更大声地说:

"我活不了啦! 我骨头疼啦!"

刘小马举起亮光闪闪的小插刀,在曹黑四的眼前晃了两晃,睁大眼睛,咬着牙根,说:

"认得吗? 当心白的进去,红的出来!"

"你杀了我,我也走不动呀!"曹黑四嗓音颤抖地说。

"老海,二桄杆! 我看干脆干掉他算啦!"刘小马说。他用力一戳,小插刀入土三寸,直站在曹黑四眼前的地上,使得曹黑四禁不住抖索了一下。

王老海摆摆手,把刀子拔起来,还给刘小马。

海边的秋夜,黑漆漆的。

犬吠声、枪声、榴弹声,在海边的夜晚抖荡、起伏、回旋。

## 二

王老海当民兵大半年了,进基干队当小队长也有三个多月。在这么一段时间里,捉到像曹黑四这样的汉奸,在海阳村一带,还是头

一回。就像老鹰擒住了一只狡猾的兔子，他怎不喜在心头，笑在眉梢。

跟他同伙的张二桅杆、刘小马也是一样，在把曹黑四刚刚捉到手的时候，刘小马就说："猫有鼠吃，才有干头！"

从九门闸旁边跑下来七八里了，过了一条小港一条沟，在高低不平的高粱叶子打脸的田野里，疾走狂奔了一阵，弄得两腿泥水，满身大汗，曹黑四又那么苦苦哀求，王老海就要张二桅杆和刘小马歇歇再走。

歇了一支烟不到的工夫，给刘小马、张二桅杆一吼一吓，曹黑四又跟着走了。

"让我来牵住他！"刘小马说着，从王老海手上接过绳子来。

刘小马带头，王老海、张二桅杆垫后，过了一会儿，到了海阳村。

村子里听说捉来了曹黑四，全村二三十家男女老小，没有睡的，都奔到民兵大队长的门前来；睡了的，也都起得身来，大家你拥我挤，伸头探脑，争抢着看这个坏透了的曹黑四。

小村子沸腾起来，七嘴八舌地嚷着：

"是他！不错！"

"该杀！"

"十个头也不够杀的！"

王老海坐在大队长跟前，把捉到曹黑四的情形，向大队长从头到尾地说了一遍。

"怎么办？"大队长对王老海问道。

王老海没有答出话来，好些人抢着说：

"杀掉他！砍头！"

大队长笑笑，朝王老海看看，递一支香烟给他，说：

"老海！你看呢？"

王老海借着点火吸烟，没有回答。

"老海！你看呢？"大队长又问了一遍。

王老海眨眨有点发红的眼睛，使力地吸了两口烟，说：

"杀"

"对！曹黑四不杀，杀哪一个？"大队长说。他抓过挂在床头墙上的日本军刀来，在屋子里踱了两步，凭空砍了两刀，然后对张二桄杆说：

"这把刀，杀了我们多少人？"

张二桄杆倚在墙边，看看大队长手里的弯弯的亮闪闪的日本军刀，又看看大队长的充满仇恨恼怒的胡子脸，说：

"少说也有十个八个！刘小马的姊姊，就死在这把刀口下头！"

刘小马的眼里早就有了泪花，一看到这把军刀，又听了张二桅杆的话，便泪水直流，哇的一声大哭起来。

"十个八个？"大队长晃晃军刀，转脸问曹黑四道：

"曹黑狗！给我打死的狄村怎么说的？"

曹黑四浑身抖索起来，像发了疯癫似的，两手连连地摇动着，颤抖着鸭子喉咙说：

"我不知道。"

"到底知道不知道？"大队长竖起乌黑的长眉，问道。

"有人说，杀了九十九个。"曹黑四咕哝着说。

大队长摔掉烟头。他的严峻的眼光在每一个人的脸上盯了一下，最后落在王老海的脸上。

王老海有点惶惑，呆呆地看着大队长。

刘小马猛地奔到大队长身边，两手紧抱住大队长的肩膀，泪眼紧瞪着大队长的光辉炯炯的眼睛。

"小马！男子汉！淌什么眼泪？"大队长摸着他的头顶，低声地说。

"军刀给我！"小马说。

"你今年十几了？"大队长问。

"十六岁。"小马站直身子，说。

大队长摇摇头，说：

"还是个孩子！"

他正把军刀朝墙上挂，张二桅杆叫了起来：

"给我！我十九了。"

大队长还是把军刀挂上了墙。

三个月以前，区队和日本鬼子开火，民兵大队伏在沟边上，截住

了三个鬼子，大队长跟鬼子中队长狄村拼命决斗，用小插刀杀死了狄村，缴得了这把军刀。后来，他听到有人说过，狄村常常夸口，说他在到中国来的一年零七个月里，用这把军刀杀死过九十九个中国人。大队长一想到狄村，一看到这把刀，就眼前一片黑，不由地皱起眉梢，捏紧拳头。这把刀是全钢的口，只轻轻一削，一棵小树干就飘下来了。他每天总要擦它一次两次，每天总想用用它。曹黑四是个坏东西，是狄村的一条走狗，他觉得他这把刀下的第一个人，应当是这个曹黑四。刘小马还是个孩子，他不想让一个孩子拿刀干这件事。张二桄杆是个胆大的人，已经扎过一个粽子①。王老海胆子小，好些人都说王老海怕杀人；他于是决定考考王老海，叫王老海干。

他把曹黑四审问了一番，叫张二桄杆、刘小马带了出去，交代说：

"拴到车棚里，捆紧，看牢，等我的话行事！"

<h2 style="text-align:center">三</h2>

犯人带走，人们散了以后，大队长和王老海面对面地坐着、谈着。

"真的要我……"王老海吞吞吐吐地说，朝着墙上的军刀看了一眼。

大队长大声地笑着，在屋里踱了几步，说：

"是呀！我算计了一下，在小队长、中队长这些干部里，只是你没有扎过一个粽子，拿过一次刀。"

王老海朝大队长眨眨眼，闷声不响。

大队长又坐到他的对面，用眼光逼着、等待着王老海说话。

---

① 粽子：在敌人对人民疯狂屠杀的时候，民兵为了打击敌人凶焰，捉到罪大恶极的敌人，便捆扎起来，抛到水里淹死，叫做"扎粽子"。

王老海一直翻腾着心思。他腰里的小插刀，也磨过多少遍，倒也磨得雪亮。对鬼子、汉奸，像曹黑四这些敌人，他也恨之入骨。就是一提到要他动手杀人，他就躲躲闪闪，害怕得很。别人也都有过这种情形，他比别人可更加厉害。

他记得清楚明白，他家老爹在去世以前曾经对他告诫过："什么债好欠，人命债可不好欠啦！"前几天，他家老爹去世三周年，他到坟上去，又想起过这两句话来。要是别人，曹黑四的狗命，早就在捉到的当时结束了，他却要把曹黑四带回来。

"对敌人要狠！要狠狠地打击敌人！"大队长说。

"我不是把曹黑四捉得来了？我还想再捉几个！"王老海从大队长手里拿过半截烟来，用力地吸着，说。

"老海！今儿，你这趟活干得不坏。功劳簿上，是要记上的。"

"刘小马瞎冲瞎撞，二桄杆腿长个子高，像个仙鹤，站不稳当。要不是我一个扫堂腿，把曹黑四别倒在地，一拳捣上他的太阳穴，一手卡住他的脖子，三个曹黑四也跑掉啦。"

"唔！"

"在全大队，还没有哪个小队捉到过这样大的汉奸！"

大队长伸手到瓦罐子里，抓出一大把炒花生来，说：

"犒赏你！"

王老海笑着，剥着花生，吃着。心里忖度着说："大队长不会要我动手了吧？"

大队长却又冷下脸来，看看他，又看看墙上的那把军刀。在王老海眼里，那把军刀像是要从墙上飞下来似的，又仿佛在跟他说话：

"老海！我跟你去，把曹黑四宰了吧！"

王老海赶快把眼光从军刀上收回来。他的十个指头一齐不安起来,颤抖着,只是把没有去壳的花生朝嘴里送。

大队长听到鸡叫,看看灯油快干了,灯草也烧完了,便伸伸懒腰,打了个呵欠。

"你休息吧!大队长,你太辛苦。"王老海说。他站起身来,朝外边走。

"回家去?"大队长问。

王老海指着泥污的衣裤、腿脚,说:

"是呀!得回去换换洗洗。"

他觉得没有事了,处置曹黑四的活,大队长不再要他干了。他大步地走出大队长的屋子,笑着说:

"明儿见。"

他已经走到场心,快到车棚那边,忽然听到大队长的喊声。一回头,大队长手里的刀光刀影现在他的眼前。他正想把脚步放快,大队长却走到了他的身边,紧跟着,大队长的粗大的手掌搭上他的肩头,对他说:

"刀给你!"

王老海呆愣着,在星光下面,他脸上豆大的汗珠,打着滚,滴落到地上。

张二桄杆、刘小马跑了过来。大队长对他们说:

"这一回,你们让老海干。"

王老海竭力镇定下来。

"曹黑四呢?"他问张二桄杆。

"拴在牛桩上,跑不掉他!"张二桄杆回答说。

"就杀？"刘小马问道。

大队长举起军刀,指着冒火光的海边说:

"带到那里去干,干在敌人据点九门闸旁边,让敌人知道我们的厉害!"

王老海还没有说话,刘小马就撅着屁股跑到车棚那边去。不一会儿,就把曹黑四牵得来了。

"大队长! 这件活,交给我们三个人吧!"王老海拍拍胸口说。

刘小马抖动着手里的绳子,嚷道:

"我们三个人开头,也还是归我们三个人收尾。"

"小马! 许你帮,不许你替!"大队长说。

这时候,曹黑四双膝一跪,用膝盖走到大队长跟前,哭着、哀求着:

"留我一条狗命吧!"

刘小马使力地抖动绳子,喝令曹黑四爬起身来。

"送你回九门闸,不要怕!"刘小马说。

大队长扬扬手,叫刘小马、张二桅杆把曹黑四带到村口去。

王老海终于对大队长说:

"大队长! 我接受任务!"

大队长把军刀递给他。他摆摆手,随即拔出腰里的小插刀,晃了一下,说:

"我有这个! 跟了我半年,还没有开过荤!"

大队长紧紧地抓住王老海的膀臂,说:

"只要这个地方硬一下,就行了。"

王老海在村口告别了大队长,他的眼光是顽强的、坚定的。大队长笑了笑。他想,这个从来没有动刀杀过人的王老海,经过这一回,

胆子就会壮大起来。

四

大队长说过，必得要在天亮以前干好这件活。

他们来的时候脚步很快，现在，脚步更快。特别是刘小马，牵着个曹黑四，像快马拉犁似的。

曹黑四上气不接下气，白沫子堆到嘴边，一条条的黏涎，打嘴角上拖挂下来。仿佛三魂七魄早已不在了，脸色蜡黄。一颗心像钟摆一样，只是在胸腔里摇来摆去。他给自己下了断定：必死无疑，但又以为不一定是黄花鱼出水，马上就死。他那一对鼠眼，在黑暗里不住地乱打转。在王老海他们三个人的手里，他都没有看到那把锋利无比的日本军刀。他又察觉到王老海这个人比刘小马、张二桅杆心软得多。王老海是队长。"也许王老海不至于要我的性命吧。"他心里暗暗地祷告着。走了两三节田，他觉得绑在他身上的绳子有点儿松了，要是能够把绳子挣脱，放开两腿就跑……他又一边走，一边在心里这么打算着。

到了九门闸北头两里路的地方。

地点很好，没有人家，靠近小港，港里的潮水潺潺地流着，港边上长着密密丛丛的芦苇，一棵腰眼粗的柳树站在港湾子里。王老海叫张二桅杆、刘小马把曹黑四绑在柳树上。

"老海，老海，队长！"曹黑四哀叫着。

刘小马抓起绳头，在曹黑四身上猛打了一阵。

"你嚷！你嚷！你想把九门闸的鬼子嚷出来，救你的命！"刘小

马气呼呼地说。

"小马!"王老海制止了刘小马的鞭打。

王老海把刘小马、张二桅杆拉到芦苇丛里去。他一手抓住小马,一手抓住二桅杆,要说什么,又说不出来,话音老是在舌头上打转,弄得刘小马、张二桅杆心里急,头上冒汗。他自己觉得,他很慌乱,他的心跳得非常厉害,耳根、脸上、脖子里,都发起烧来。

他不说,刘小马却开了口:

"老海,你不干,我干!"

张二桅杆紧接着说:

"那不行!大队长交代得明明白白,任务是老海的。"

一弯月亮从灰暗的云缝里钻了出来。在迷蒙的月光下,他们的心,他们的脸和他们的眼睛,都显得十分紧张。

一阵夜风从海上吹来,吹得芦苇、高粱哗哗地响,特别是王老海的心情,在这个时候,是更加慌乱了。

东方发了白,远处的海堤上,搞苍螯、蛤蜊的人,已经夯着家伙走向海滩上去了。

王老海咬咬嘴唇,说:

"好吧!"

他拔出腰里的小插刀,割了几根芦苇,拍拍大腿,走了出去,走到柳树跟前。

曹黑四正在解着松了的绳子,一见王老海走来,便赶快收拢绳子,低着头,一动不动。王老海下了决心。他一手抓住曹黑四的头发,把曹黑四的后脑紧紧地抵在柳树上,一手举起了亮晃晃的小插刀。他觉得他的胳膊很硬,他把牙根紧紧一咬,刀尖儿就猛地朝曹黑四的喉

头刺去。

曹黑四撕破了嗓子，像野兽似的狂叫了一声。

张二桅杆和刘小马以为王老海的活真的干好了，便跑上来。他们定睛仔细一看，王老海的刀子插入在柳树干里，离曹黑四的脖子有四五寸远。刘小马扳过曹黑四的头来，看看，曹黑四的头脸、身上，没出一点血，连一点皮也没有伤到。

王老海喘息着，眯着眼，轻轻地说：

"小马，用什么东西，把这个狗东西的嘴巴塞住！"

小马用牙齿一咬，手一拉，撕了半条毛巾，塞住了曹黑四的嘴巴。

王老海却又犹豫起来。他看看张二桅杆，低压着嗓音说：

"老二！"

"什么？"张二桅杆问他。

"真的叫我……"

张二桅杆的眼睛死盯着他的脸和他手里的小插刀，说：

"你要真的怕曹黑四的鬼魂，找你要债，就让……"

王老海猛地推开张二桅杆，扬扬手，说：

"你们走开！"

张二桅杆和刘小马走到芦苇边去，目不转睛地盯着他。

他又一次地抓住曹黑四的头发，把曹黑四的脑袋抵在柳树上，又一次地举起了亮晃晃的小插刀。曹黑四自以为这一下子完结了，他想呼喊，但是喊不出声音来。王老海的胳膊却好像突然瘫痪了似的，怎么也硬不起来。他的眼前，猛然地飞舞起一片闪烁烁的火花，他的身子摇晃着，几乎倒在地上。

天亮了，从不远的地方传来有人呼喊的声音：

鬼子下来了！

张二桄杆、刘小马赶快跑上来，同声地问：

"怎么办？还不赶快动手？"

"来不及了！带回去！"王老海颤声地说。

在解下曹黑四的时候，刘小马发觉绑在曹黑四身上的绳子松了，有两个结头给解了开来。

"嘿嘿！你还想逃！"

刘小马说着，在曹黑四的头上狠狠地打了两拳，把绳子扎紧。

于是，三个人又押着曹黑四，在露水淋淋的青纱帐里往回奔走。

# 五

三个人像捆猪似的把曹黑四捆起来，放到王老海家屋后的地窖里。

当王老海进屋烧了水，回到高粱田里的时候，守在地窖附近高粱田里的刘小马和张二桄杆，正在怨他、议论他：

"要是他家什么人给敌人杀了，包他下得了手！"刘小马啃着干馒头说。

"有人说，《水浒传》里的李逵，胆子有鸡蛋大，王老海的胆子不知道有多大。"张二桄杆说。

"顶大有芝麻粒子那么大。"

"要他杀人，公鸡下蛋，驴头长角。"

"我看，趁他不在，我们把曹黑四干掉算了！"

"他这个人胆子小，大队长有意叫他下下炉的。一定要他干！"

"我看，他老婆许比他还辣些！"

"他来了，拿话激激他。"

刘小马人小眼尖，透过高粱秆的空档，看到王老海来了，连忙向张二桅杆摆摆手。

王老海提着一壶锅巴茶，拿着两只黑碗，走了进来，倒了两碗茶送到他们两个面前。

"我看，就把曹黑四闷死在地窖里算了。"张二桅杆喝了一碗茶，阴腔怪调地说。

刘小马躺在地上，两手垫在头底下，眼睛望着上空，接着冷冷地说：

"许是曹黑四对人家有过山高海深的恩情。"

王老海知道他们话里有话，觉得刺耳，但又自认确实手软心软，也怪不得人家冷言冷语。沉愣了一下，吞吞吐吐地说：

"你们两个，还有大家伙，都晓得我的心、肝、肺腑。我革命还不坚决？可是，叫我杀人，我呀，就是拿不起刀来。敌人，鬼子、二黄，这个坏到骨髓的曹黑四，恨，我怎么不恨？"

"你恨？你恨他不曾带鬼子下来，把我们的人斩尽杀绝！"

刘小马又想起他死了的姊姊来，又禁不住地流下泪来。

王老海里外不是滋味，耳根滚热。他待不住了，他嗟叹了一声，走出了高粱地。

这一天，九门闸的鬼子只在中午出来一趟，到海阳村南边三里地的小村子上，抓了几只鸡，打了些瞎枪，就回到据点里去了。

黄昏时候，大队长陆长根拖着他的那把军刀，来到王老海家东边的海堤上。

"王老海！你还不曾动手？哈哈！"他笑着说。

王老海站在大队长面前，低着头。

"把手榴弹、小插子，全交给我。"大队长说。

王老海心头震动，眼里滴下泪来。

"我才不喜欢杀人！"大队长挥挥军刀，在霞光下面，军刀显得格外明亮。他接着说：

"敌人用这把钢刀，杀了我们九十九个。我拿到手三个月，杀了一个没有？没有！我不一定叫你杀曹黑四，你不动手，可以。老海，你三十来岁了，遇到该下手的敌人不敢下手，你当队长，你的队员对你会怎么样，你想想！要是人人像你，还抗什么战？革什么命？"

大队长从身上掏出一个手折子来，掷给王老海，说：

"你是识几个字的！这是曹黑四开给鬼子的名单。在这个单子上的，鬼子要捉一个杀一个！嘿嘿！头一名是我陆长根！你看看！"

王老海看到曹黑四写的这个民兵名单上的第八个名字，就是他王老海，第九个是他的老婆王老海妻。

他的手，他的全身，激烈地颤抖起来，自言自语地说：

"我不要他们的命,他们要我的命!"

"敌人是怎样对付我们的? 敌人捉到你、捉到你的老婆、捉到我,不用说,就跟切西瓜一样……"

大队长拿回手折,冷笑了一声,说下去:

"他们那样狠,那样毒,那样狼心、狼性! 叫狼狗活活地把刘小马的姊姊,咬得半死,又用这把军刀砍了她的头,挂在九门闸闸口!"

大队长的眼里滚着泪珠,他的话,使得王老海的心波激荡起来,像海里的狂涛一样。

天黑定了,满天乌云翻卷。涨潮了,海风追着浪潮,直扑他们脚下的海堤。

没有星,没有月,也没有一点灯火。

"把曹黑四带来,叫他做我这把刀底下的第一个鬼魂! 我不怕他的鬼魂找我! 到阎王爷那里打官司,我也打得过他!"大队长挥舞着长刀说。

正是这个时候,西边不远的地方,响起了密集的枪声,接着,两处火光映红了半边天,惊惶的哭叫的声音传来。"你看! 敌人又下来烧杀了!"大队长说着,向火光突起的地方跑去。

王老海望见火光,觉得烈火烧在心里。大队长走了,大队长的英雄的语言,也像烈火一样,在他的心里燃烧起来。他疾速地转过身子,朝张二桅杆、刘小马看守着的高粱地,狂奔野跑而去。

"小马! 把曹黑四牵过来!"他挥动着膀臂大声地说。

"算了吧! 放在地窖里……"刘小马说。

他自己跑到地窖门口,揭开顶盖,把曹黑四牵了出来,直奔九门闸方向走着。

张二桅杆和刘小马惶惑得很，紧紧地跟在他的后面。

"这是干什么？"张二桅杆问道。

"送他回老家！"王老海忿忿地说。

还是昨天夜晚的那个地方：九门闸北面的小港边上，长着丛丛密密的芦苇，有一棵腰眼粗的柳树。

正当王老海动手绑的时候，不防曹黑四的脑袋猛地撞着王老海的前胸，并且狠狠地撕咬过来。王老海向后一让，曹黑四便拼命狂跑，一头钻进了芦苇丛。

张二桅杆拦头，刘小马尾后，进了芦苇丛，王老海慌忙地跳下水，涉过小港。

曹黑四又给张二桅杆和刘小马逮住，从芦苇丛里，拖拉出来。

王老海回到港北，怒火从心里烧到全身，他脱下满是泥水的鞋子，甩起膀子，在曹黑四的脸上，狠狠地打了十几鞋底。

接着，他就把曹黑四按倒在地，把膝盖抵在曹黑四的胸口。

他举起了在黑夜里闪着光芒的小插刀。

他定了定神，平平气，终于把系着一块红布的小插刀，对准曹黑四的脖子猛插下去。

# 六

王老海觉得身子疲劳，胸口疼痛，头也昏沉沉的。

张二桅杆和刘小马架着他，缓缓地回到海阳村。

大队长早已备好了酒。他摆起杯、筷，把瓦罐里的花生全倒在桌子上，又端上一碗海蜇皮、一盘小螃蟹来。

他给他们三个斟了满杯，然后又给自己斟上，说：

"老海！干杯！"

四个人一齐地一饮而尽。

王老海渐渐地活跃起来，像卸下了肩上的千斤重担似的。

他嚼着又响又脆的海蜇皮，喝着酒。一抬头，他看到挂在墙上的那把军刀，便指着军刀说：

"大队长！下一回，我用这个家伙干！"

大队长点点头，大笑着说：

"好！再干一杯！"

王老海和大队长又干了一个满杯。

接着，他又和张二桅杆、刘小马干了一个满杯。

在摇曳着的灯光前面，王老海的朴实的四方大脸上，泛漾着从来少见的霞彩。

一九五九年六月

ⓒ民主与建设出版社, 2021

**图书在版编目（ＣＩＰ）数据**

他高高举起雪亮的小马枪 / 吴强著. -- 北京 : 民
主与建设出版社, 2021.6
（红色经典文学丛书 / 吴迪诗主编）
ISBN 978-7-5139-3518-0

Ⅰ.①他… Ⅱ.①吴… Ⅲ.①儿童小说－中篇小说－
小说集－中国－当代 Ⅳ.①I287.45

中国版本图书馆 CIP 数据核字(2021)第 083273 号

---

**他高高举起雪亮的小马枪**

**TA GAOGAO JUQI XUELIANG DE XIAOMAQIANG**

| | | |
|---|---|---|
| 著　　者 | 吴　强 | |
| 责任编辑 | 王　维　郝　平 | |
| 封面设计 | 博佳传媒 | |
| 出版发行 | 民主与建设出版社有限责任公司 | |
| 电　　话 | （010）59417747　59419778 | |
| 社　　址 | 北京市海淀区西三环中路 10 号望海楼 E 座 7 层 | |
| 邮　　编 | 100142 | |
| 印　　刷 | 湖北恒泰印务有限公司 | |
| 版　　次 | 2021 年 6 月第 1 版 | |
| 印　　次 | 2021 年 6 月第 1 次印刷 | |
| 开　　本 | 710 毫米×1000 毫米　1/16 | |
| 印　　张 | 8 | |
| 字　　数 | 92 千字 | |
| 书　　号 | ISBN 978-7-5139-3518-0 | |
| 定　　价 | 28.80 元 | |

注 : 如有印、装质量问题, 请与出版社联系。

红色经典

铭／记／历／史　缅／怀／先／烈　珍／爱／和／平

红色经典

铭／记／历／史　缅／怀／先／烈　珍／爱／和／平